兩枚獎章

當孩子不愛讀書……

慈濟傳播人文志業出版部

親師座談會上，一位媽媽感嘆說：「我的孩子其實很聰明，就是不愛讀書，不知道該怎麼辦才好？」另一位媽媽立刻附和，「就是呀！明明玩遊戲時生龍活虎，一叫他讀書就兩眼無神，迷迷糊糊。」

「孩子不愛讀書」，似乎成為許多為人父母者心裡的痛，尤其看到孩子的學業成績落入末段班時，父母更是心急如焚，亟盼速速求得「能讓孩子愛讀書」的錦囊。

當然，讀書不只是為了狹隘的學業成績；而是因為，小朋友若是喜歡閱讀，可以從書本中接觸到更廣闊及多姿多采的世界。

問題是：家長該如何讓小朋友喜歡閱讀呢？

專家告訴我們：孩子最早的學習場所是「家庭」。家庭成員的一言一行，尤其是父母的觀念、態度和作為，就是孩子學習的典範，深深影響孩子的習慣和人格。

因此，當父母抱怨孩子不愛讀書時，是否想過——

「我愛讀書、常讀書嗎？」

「我的家庭有良好的讀書氣氛嗎？」

「我常陪孩子讀書、為孩子講故事嗎？」

雖然讀書是孩子自己的事，但是，要培養孩子的閱讀習慣，並不是將書丟給孩子就行。書沒有界限，大人首先要做好榜樣，陪伴孩子讀書，營造良好的讀書氛圍；而且必須先從他最喜歡的書開始閱讀，才能激發孩子的讀書興趣。

根據研究，最受小朋友喜愛的書，就是「故事書」。而且，孩子需要聽過一千個故事後，才能學會自己看書；換句話說，孩子在上學後才開始閱讀便已嫌遲。

美國前總統柯林頓和夫人希拉蕊，每天在孩子睡覺前，一定會輪流摟著孩子，為孩子讀故事，享受親子一起讀書的樂趣。他們說，他們從小就聽父母說故事、讀故

事，那些故事不但有趣，而且很有意義；所以，他們從故事裡得到許多啟發。

希拉蕊更進而發起一項全國的運動，呼籲全美的小兒科醫生，在給兒童的處方中，建議父母「每天為孩子讀故事」。

為了孩子能夠健康、快樂成長，世界上許多國家領袖，也都熱中於「為孩子說故事」。

其實，自有人類語言產生後，就有「故事」流傳，述說著人類的經驗和歷史。故事反映生活，提供無限的思考空間；對於生活經驗有限的小朋友而言，通過故事可以豐富他們的生活體驗。一則一則故事的累積就是生活智慧的累積，可以幫助孩子對生活經驗進行整理和反省。

透過他人及不同世界的故事，還可以幫助孩子瞭解自己、瞭解世界以及個人與世界之間的關係，更進一步去思索「我是誰」以及生命中各種事物的意義所在。

所以，有故事伴隨長大的孩子，想像力豐富，親子關係良好，比較懂得獨立思考，不易受外在環境的不良影響。

許許多多例證和科學研究，都肯定故事對於孩子的心智成長、語言發展和人際關係，具有既深且廣的正面影響。

為了讓現代的父母，在忙碌之餘，也能夠輕鬆與孩子們分享故事，我們特別編撰了「故事home」一系列有意義的小故事；其中有生活的真實故事，也有寓言故事；有感性，也有知性。預計每兩個月出版一本，希望孩子們能夠藉著聆聽父母的分享或自己閱讀，感受不同的生命經驗。

從現在開始，只要您堅持每天不管多忙，都要撥出十五分鐘，摟著孩子，為孩子讀一個故事，或是和孩子一起閱讀、一起討論，孩子就會不知不覺走入書的世界，探索書中的寶藏。

親愛的家長，孩子的成長不能等待；在孩子的生命成長歷程中，如果有某一階段，父母來不及參與，它將永遠留白，造成人生的些許遺憾——這決不是您所樂見的。

作者序

寫出真實生活

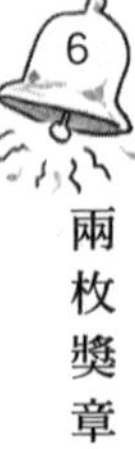

「故事」是兒童的最愛，「說故事」則是大人和兒童們溝通的最佳橋梁。一開始踏上教壇，我就很喜歡利用故事來吸引兒童，增進教學效果。幾十年來，對故事似乎有了不少心得，尤其是累積了不少故事。

兒童的現實生活或許是有限的、平淡無奇的；然而，他們卻喜歡在驚奇的、緊張的故事中，獲得實際生活上無法得到的經驗。這種從閱讀和聽聞中得到的經驗，叫做「間接經驗」。心理學證實，一個兒童的心智，大多依靠「間接經驗」而成長；經過文學家的藝術手法構成的「間接經驗」，比雜亂零碎的

「直接經驗」，更能幫助兒童理性思考的發展。

於是，我在本書中用小說及生活故事等不同表現技巧，提供給小讀者們有益的、增長智慧的「間接經驗」，分為「溫馨的校園故事」、「難忘的童年往事」、「感人的鄉里軼事」三輯。

「校園」是兒童們生活的、學習的園地。在這裡，師生互動、同儕相處，迸發出許許多多恩怨愛憎；細細品嘗，都是溫馨的情誼。所以，校園故事最是親切感人。

有時，我也喜歡把自己刻骨銘心的往事說給孩子們聽。由於當年的情景及感觸皆歷歷在目，所以講起來生動活潑，觸及心靈深處，讓小聽眾感同身受。

不過，故事的題材還往往來自圍繞身邊的各種各樣的人物。以兒童來說，

爺爺奶奶、社區的長輩，或從他鄉來的親戚，國外回來的親人等等，都會把他難忘的經歷、趣味盎然的故事，滔滔不絕地講述。隨著故事起舞陶醉，是一種享受，更是一種經驗的擴充。第三輯的感人鄉里軼事，就是這樣來的。

這三十篇故事有個共同的特徵，那就是完全取材於真實生活；而且，不管篇章長短，都是以「故事體」表現。所謂故事體，就是一篇文章具備了起、承、轉、合的完整結構；以現在的口語來說，是具有文章的開始、發展、高潮、結尾的過程。這是一種基本的寫作技巧，可以形成故事的有機性和藝術性，可比喻為構成「一個小宇宙」；其中所含的真理，也就透過文學技巧，而形成動人的力量。

近年來的兒童文學領域，奇幻、科幻當道，似乎掩蓋了一切；其實，寫實

的小說和生活故事，在真理的闡揚上，是應該更加重視的。筆者歷經四十餘年的教壇生涯，深深瞭解，唯有真實感十足的故事，才能完美地讓兒童獲得貼心的「間接經驗」，引導他們走上光明的康莊大道。

觀之，許多成名的小說作家，近年來也把筆尖移向童書的耕耘，花開滿園，結實纍纍，絢爛美麗。由此可知，兒童小說和兒童生活故事這個園地，是需要、也值得勤耕的。

總之，這裡的故事都是出自真實的生活；細心咀嚼，深入品賞，必能感同身受，體會出箇中滋味。

傅林統　謹誌
二〇〇八年春日

目
錄

第二輯　難忘的童年往事

第三輯　感人的鄉里軼事

第一輯

溫馨的校園故事

班上的寶貝

白皙的臉龐，水汪汪的大眼睛，眼光透著聰慧又堅毅的個性，頭髮梳得整整齊齊，衣服穿得乾乾淨淨、從來不沾一點兒汙穢——這就是輪椅上的張志傑。他總是那麼整潔、從容的樣子；因為，他有媽媽無微不至的照顧。

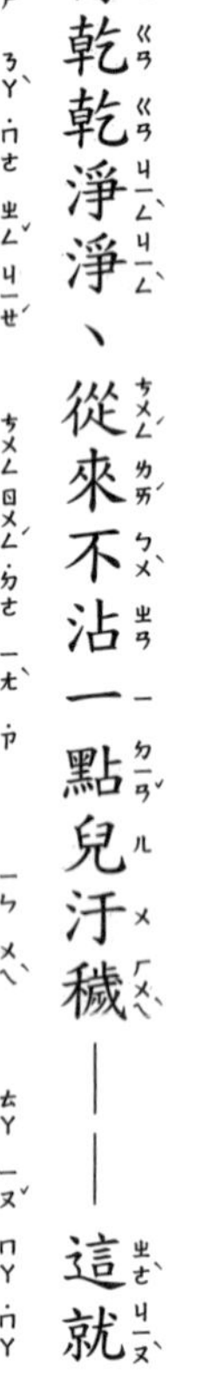

志傑上小學後，嬌小的張媽媽每天一大早就推著輪椅送他上學；現在他已經四年級了，張媽媽仍是風雨無阻。

有一天，志傑突然沒來上課；老師說：「張媽媽身體不舒服，所以不能送志傑來。」

第二天，志傑仍然沒到學校。班長和幾位同學相約在放學後去他家裡探個究竟；可是，志傑的家裡空無一人。鄰居的老伯告訴他們，張媽媽住院了。

同學們再趕去醫院，志傑全家竟然都待在病房裡。張媽媽躺在病床上無奈的說：「一個人病了，全家人的工作都停擺，連志傑也沒辦法上學。」

隔天，班長明耀將志傑家裡的情形向老師報告，引起同學們的熱烈討論，紛紛表示願意代替張媽媽接送志傑上下學。由於自願者很踴躍，最後決定分成三組輪流接送。

同學們接替了張媽媽的工作，每天一大早就到張家來，背著志傑下樓，坐上輪椅，然後一個推輪椅、一個背書包、一個下雨時撐傘；大夥兒排成路隊，有說有笑的上學去。

說也奇怪，自從一起接送志傑上下學後，原本同學之間曾鬧不愉快的，突然都釋懷了；大家齊心的相互合作幫助志傑，把志傑當成班上的「寶貝」了！

有一天，在放學回家的路上，輪到明耀和另外兩位同學護送志傑。明耀一直覺得背後似乎有人偷偷跟著他們；猛回頭一看：原來是班上的惡棍來旺！

「你鬼鬼祟祟的，又想要玩什麼把戲？」明耀之所以這麼生氣，是因為他一看見來旺，就想

起了前些日子發生的事——

當時正在上書法課；大家聚精會神的寫著書法，教室裡靜悄悄的。

「胡說、胡說！」忽然間，一陣怒吼驚破了原本的寧靜。大家不約而同的朝聲音的方向望去，驚見平時溫和如羔羊的志傑，好像發狂似的哭叫著；他轉過身，用毛筆在後座來旺的宣紙上亂塗。

「怎麼了？你們兩個！」老師提高嗓子喊著。

大家這才發現志傑手上握著一張紙，全身氣得發抖；好事的同學瞧了一下，隱約看見紙上寫著：「嘿嘿嘿！無腳怪傑，愛上三八阿玉

姊！」幾個歪歪斜斜的大字。

「阿玉」指的是平日對志傑噓寒問暖、幫他穿上或脫去外套的林美玉。

明耀一想到那幕情景，便不禁對來旺產生濃濃的厭惡感。

「你跟蹤我們幹嘛？請你離我們遠一點！」明耀不客氣的斥責。

奇怪的是，原本蠻不講理的來旺，卻靦腆、畏縮的走過來說：「明耀，我也想替志傑推輪椅呀！」

「輪不到你！」旁邊的人幾乎同時迸出了這句話。

來旺還是不死心，一改平日的氣勢凌人，誠懇的說：「其實，我是因為看到大家都在關心志傑，才會嫉妒的說他的壞話。那件事情之後，大家對我好冷淡；我早就知道自己錯了，只是不好意思跟志傑道歉。我想了好久才下定決心跟來，請給我機會，讓我為志傑推一段路……」

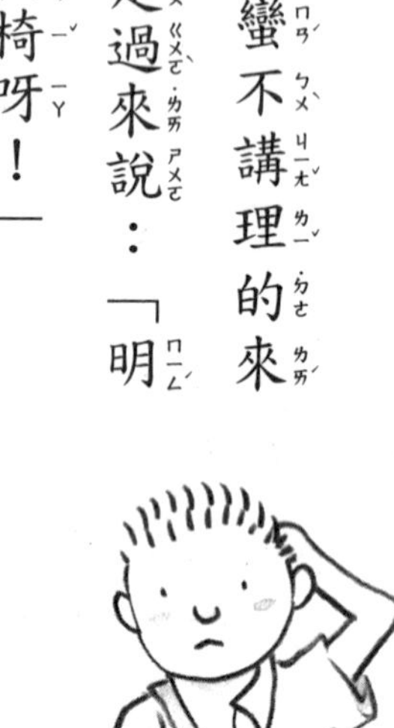

話剛說完，來旺馬上跑到志傑面前，低下頭說：「志傑，真是對

不起，請你原諒我……」

志傑心軟，接受了來旺的道歉，便說：「明耀，就答應他吧！」

「志傑，謝謝你！」來旺隨即開心的接過輪椅，小心的推著向前走。

「我們到嘍！」

到志傑家門口時，他停下腳步，先將輪椅交給明耀，然後大聲的說：「謝謝志傑！

也謝謝大家給我這個機會！」便一邊揮著手說再見、一邊跑回家了。

「這傢伙真的被你改變了！」明耀對志傑說，「你真是班上的寶貝！」

「現在該換來旺當寶貝了！」志傑說，「浪子回頭金不換嘛，大家也要幫助他呵！」

「哈哈！哈哈！」四個人高興的笑了，笑得好爽朗！

想一想

小朋友，想想看，如果你的手或腳受了傷，走路或做事是不是很不方便？看到其他同學自在的跑跑跳跳，你會有什麼感受呢？

你們班上有沒有行動不方便的同學呢？你們如何幫助他？

班上的頑童

阿川是他們班上最令人討厭的頑童，惡作劇花樣百出，教人防不勝防。拉女生的髮辮、背後偷貼紙條、上課時丟紙團傳遞笑話、用彈弓射別人家裡的果樹、走路踢石子傷人、裝鬼嚇人……只要你想得到的，他都玩過了。

奇怪的是，他的哥哥阿山卻是忠厚誠懇的模範生，合群、用功、懂事、熱心，還連任兩年班長。老師們都驚訝的說：「好奇怪！親兄弟怎麼會差這麼多？」

初夏午後，阿川在水池邊的柳樹下納涼，忽然有隻青蛙跳到腳邊；阿川眼明手快，一下子就用右手將小青蛙蓋住了。

「嘿！青蛙王子，當我的寵物幫我惡作劇吧！很好玩哩！」阿川暗自盤算用這玩意兒整一整平時看不起他的人，「哼！『大姊頭』最可惡了，瞧不起我不

說，每次我捉弄女生的時候，都來找我麻煩！看我怎樣整妳！」

第二天，他小心翼翼的把青蛙藏在書包悄悄的帶到學校。

早自習時，阿川看到班上總是見義勇為的「大姊頭」玉蘭正在擦桌子，便假裝誠懇的說：「大姊頭，辛苦了，送妳一件禮物！」

「什麼？我才不希罕！」

「妳拿過去看看嘛！」

「好啦！拿來看看吧！」大姊頭落落大方的伸出手。

阿川將握在手心的青蛙放在玉蘭手上。玉蘭突然覺得有黏黏的、

噁心的東西在手心蠕動；仔細一看，不禁尖叫：「呀……！」

玉蘭面如土色、全身顫抖，傷心的哭了起來；阿川卻若無其事的抓起掉在地上的青蛙，直呼：「我的小寶貝，那個男人婆嚇壞你了嗎？」說罷，回過頭跟全班同學裝了個鬼臉，便笑嘻嘻的回到座位。

玉蘭越哭越傷心，跟阿川的嘻笑成對比。明耀看了不是滋味，怒眼瞪著阿川；他走到玉蘭旁邊說：「不要哭了，我叫他向妳道歉！」

明耀開始教訓起阿川，要他好好學學哥哥阿山。可是阿川只顧把玩

著青蛙，還不時露出狡黠的笑容，好像又想到了怎樣捉弄明耀這討厭鬼。

等明耀回到自己的座位上自習，阿川眼看機會來了，就躡手躡腳的到明耀背後，將青蛙塞進他的衣領裡去。

明耀急忙伸手去抓，但青蛙已經掉進衣服裡頭。明耀不敢拍打，唯恐傷到青蛙，便立刻脫下上衣；但青蛙已鑽入內衣，明耀只好又脫下內衣，這才擺脫了青蛙。只是，青蛙卻不知跳到哪兒去了。

「哈哈哈！白斬雞！」看著打赤膊的明耀，阿川拍手大笑。

阿川這次的惡作劇，只是在他累累的紀錄上再添

一筆而已；倒是明耀打了赤膊，卻一直成為校園的笑談。有人就提議：「明耀！以你的精明，該對阿川展開報復啊！」

「如果我這樣做，不是跟阿川一樣，對人懷著惡意嗎？」明耀完全沒有報復的想法。

有一次，報復的良機出現了。那是一個久雨乍晴的午後，有些孩子不顧球場還濕答答的，竟然踢起「水球」，瘋狂的鬧了起來。

阿川趁機惡作劇，踢起泥巴讓同學滿臉髒兮兮；這麼一來，引起了公憤，一群人一起圍攻他。阿川不甘示弱，更用力的踢著爛泥；一不小心，栽了個跟斗，連滾帶翻的摔得好慘。

阿川的右腳因此麻木了，想爬起來卻使不上力；他伸出手去摸右腿——「好痛啊！」這時，阿川正需要同學們的幫助；可是，周遭的人卻個個冷眼相看，一副幸災樂禍的神情。

「阿川！你怎麼了？」剛好經過的明耀發現阿川痛苦不堪的咬緊牙根掙扎著，立即衝上前去扶起了他，弄得自己也滿身汙泥。

明耀並幫他撿起了掉在一旁的一隻鞋子，為他小心的穿上，然後

扶他走回教室。回家時，明耀又幫阿川背著書包，扶著他一跛一跛的回到家。一路上，阿川一直不發一語。

第二天，阿川仍然跛著腳，卻一反常態的沉默寡言；大家都擔心，當他又能跑能跳時，會變本加厲的惡作劇。

奇怪的是，阿川

自從這次摔跤後，好像變了一個人——變得跟哥哥阿山一樣，用功、懂事、熱心；尤其對班長明耀更是服服貼貼，追隨他為班上服務。他的改變，讓老師們都感到詫異：「一定是受他哥哥的薰陶啦！這才像親兄弟嘛！」

想一想

小朋友，你們班上有沒有「大家都不喜歡」的同學呢？你怎麼跟他相處？

阿川為什麼會改變呢？真的是受他哥哥的薰陶？或是因為明耀的關係呢？

班狗歷險記

阿麗一直渴望擁有心愛的寵物；不過，爸媽卻不同意她養寵物。

有一天的午後打掃時間，她在花圃撿垃圾時，看見一隻害怕得縮成一團的小狗。

「一定是前幾天的搜捕校園野狗行動中，被捉上籠車的那隻母狗生的！」阿麗看著這隻毛茸茸、圓滾滾的小狗，覺得牠活像一隻玩具小象，不禁驚喜的蹲下來輕撫牠說：「好可愛的小狗狗呵！」

小狗畏怯的退縮到九重葛叢裡，從枝葉的隙縫望著阿麗。那晶

亮、像是祈求般的眼神，多麼教人憐惜！

阿麗下定決心，要收養這無家可歸的小可憐。幸好，小狗的窩正在阿麗負責打掃的區域，而且又是荊棘覆蓋的隱密小洞；只要阿麗不說，被發現的機率是很低的。

阿麗每天都將早餐及午餐分給小狗吃，小狗也漸漸胖起來，跟個圓球一般可

愛；阿麗也就親密叫牠「小象」。

可是，校園裡捕捉野狗的風聲很緊，阿麗為小狗的安全擔心不已；只要下課鐘一響，阿麗立刻飛也似的跑出去看小象。同學們都覺得很奇怪：「阿麗近來怪里怪氣的，到底怎麼了？」

誰都不知道阿麗對小狗的默默關懷與付出，她從來沒有過這麼充實與疼惜的感覺呢！

有一天午休，阿麗又在花園裡抱著小狗兒玩，還輕聲叮嚀：「象兒啊！你要乖乖的躲在荊棘裡唷！要是你被抓走了，我會很傷心、很傷心的！」

小象像是聽懂了，親密的鑽進阿麗懷裡，不住的舔著她的手。

「哇！好可愛的小狗呵！」突如其來的喊叫聲，嚇得阿麗慌張的藏好小象；回頭一看，竟是班上的大姊頭玉蘭。她因為不放心阿麗，所以偷偷跟了過來。

小象不安於室，汪汪叫著跑出來，在阿麗腳邊繞圈子。「喔！好可愛！真的像是一隻胖胖的小象耶！」

玉蘭也很喜歡小象，兩個人便一起逗著牠玩。

可是，這下子祕密再也守不住了，全班瘋狂似的到花園逗著小象玩兒；每個人都好喜歡牠，把牠當作全班共同的寵物。

某天午休，班上幾乎有一半同學都來看小象，可是小象卻不見了。大家反覆的在花叢附近尋找，仍然不見小象的蹤跡，阿麗急得快哭出來了。

這時候，班上的「報馬仔」阿添氣喘噓噓的跑過來，對大家說：「不好了！小象被訓導主任抓走了！他說，要將牠交給捕狗大隊！」

「怎麼辦？」大夥兒都嚇得手足無措。只有班長明耀冷靜的說：「可以請老師幫忙！」

上課鈴響，等班導師一進教室，阿添便迫不及待的說：「老師，請您救救小象吧！」

「小象？」導師聽不懂阿添說的話。

「就是我們養的小狗啦！」阿添著急的說，「牠被訓導主任抓走了！」

「喔！原來你們養的小狗叫『小象』啊！」老師說，「你們想要怎麼營救小象？」

全班鴉雀無聲，大家都眼巴巴的望著班導師，好像求救一樣。

被孩子們的「求救眼神」包圍，老師只得笑著安慰大家說：「放心吧！小象現在很好，我會去跟訓導主任商量。只是，校園不能養狗，以後該怎麼安置牠呢？」

班長說：「既然當初是阿麗養的，可以讓阿麗帶回家嗎？」

只見阿麗面露難色。老師便問道：「是不是爸媽會反對？」

「老師怎麼知道？」「老師也是過來人啊！」老師接著說，「想想看，爸媽為什麼會反對呢？」

聰明的阿麗立刻明白了老師的意思，高興的說：「謝謝老師指點！我會細心照顧小象，不管是清理，或餵

養、散步，都不會給爸媽帶來麻煩的。」

從此，小象便有了一個真正的「家」，還成了一群孩子爭相寵愛的「班狗」呢！

想一想

小朋友，你有養寵物或想養寵物嗎？寵物給你怎樣的感覺？

養寵物不只是為了好玩，更要有責任。你有幫忙照顧寵物嗎？怎麼照顧牠呢？

阿麗的同學們如此關心小狗，你有何感想？你的班上也有共同寵物嗎？

茉莉的信

這些日子以來，文亮家發生很大的變故：一向健朗的爺爺，騎腳踏車外出時不慎跌斷了腿骨，從此行動遲緩；奶奶為照顧爺爺積勞成疾；爸媽又忙著上班，分身乏術。於是，家裡就來了個身材矮小、膚色黝黑、說話聲輕柔可愛的外傭——茉莉。

有一天，文亮上學時還是晴朗的好天氣，午後卻烏雲密布，池塘的青蛙咯咯大叫；不一會兒，雨滴先是一點一滴的落在闊葉樹上，然後便嘩啦啦大響。

文亮望著霧濛濛的窗外，擔心起自己怎麼回家；從前是爺爺開車來接，要不就是奶奶送傘來，但目前都不可能了！

放學時，文亮只好站在冷清的走廊，望著紛紛飄落的雨絲發愁。住在他家附近的同學思傑正好撐著傘走

過來，他說：「沒有人來接你嗎？我們一塊兒走吧！」

兩人便有說有笑的走過花圃間的小徑；到了靠近校門的教室時，看見一個矮小的少女惶惶不安的四處張望，文亮立刻看出是茱莉。他心想：「傻瓜！我的教室在哪兒都不知道，送什麼傘！」就故意躲在思傑背後，悄悄的先回家。

一個多小時後，茱莉才回到家。奶奶有些不高興的責問：「茱莉！文亮早到家了，妳是怎麼搞的？」

茱莉慌忙解釋說：「對不起，學校不熟，問了警衛才知道少爺已經回家。奶奶，對不起！少爺，對不起，對不起！」

「什麼對不起！找不到我也不用花一個多鐘頭才回到家吧？」文亮撂下這句話就回到自己房間，再也不想聽茱莉說什麼；他認為，她一定是去找同鄉聊天，才會那麼晚回來。

到了週末假期，文亮把美勞課製作的花球帶到庭院踢著玩。忽然，一陣風把球吹到窗下的花圃，文亮跑過去撿球；在這同時，從窗子裡飄下了一張

紙。文亮一手撿球，一手撿紙；仔細一看，那是一張信紙，寫著滿滿的英文字，文亮看不太懂，但也知道是茉莉的。

「是人家的隱私，不能看！」第一個念頭從心頭閃現；但他接著心想：「什麼隱私？又不是我偷來看的！嗯……叫哥哥來看，說不定能抓到茉莉這些日子偷懶亂跑的真相！」

文亮的哥哥文雄目前就讀國三，英文一級棒。聽了弟弟的說法，他搖了搖頭，卻也忍不住好奇。他一邊看信，一邊輕聲翻譯給弟弟聽：

親愛的爸爸媽媽：

您們好！安妮和彼得都好嗎？我在這兒大家都待我很好，我也習慣了這兒的工作。起初，每晚都夢見家鄉和家人，好難過！

前幾天午後，忽然下起雷雨；我給少爺送傘到學校，但是找不到，只好失望的回家。就在校門口，我看見一個小男孩，長得跟彼得很像，畏畏縮縮的窩在牆角；一問之下，他媽媽阮玉珍竟然是從我們家鄉嫁過來的。我送他回家，才知道玉珍阿姨正在坐月子，叔叔則生病住院；我幫他們煮飯、燒菜後才回家。

後來，我把耽擱的原因告奶奶，她稱讚我慈悲助人。之後，每當外出買菜，我就順道去探望她，做些

洗衣、拖地板之類的家事，直到玉珍阿姨坐完月子。

這些日子，我都在想，玉珍阿姨家過得並不好，可是他們很堅強。我想幫他們做點兒事，直到叔叔出院；我怕因此疏忽了自己的工作，所以在家裡就格外認真；不過，我還是有些徬徨。爸爸媽媽，您們是不是認同我這樣做？

文雄讀完了信，微笑著注視文亮。

文亮嘆了口氣說：「我錯怪茉莉了，原來她的心地這樣善良！我應該把信還她，並向她道歉！」

「道歉還不夠，我們一起來做善事吧！」

兄弟倆把平日節省的零用錢拿出來，還把看過的故事書找出來，一起去找茉莉。文亮說：「茉莉阿姨，我在窗外撿到一張紙，想不到是您的家書。對不起，我們看了您的信，希望您不要介意。」

「不！不會！」茉莉的臉紅了。

「我們很佩服您的善心！請您幫我們把這些書和錢送給您的玉珍阿姨好嗎？」

茉莉開心的笑了，不住的說：「謝謝！謝謝！」兄弟倆也跟著茉莉一起笑了開來。

想一想

「外勞」、「外傭」、「外籍新娘」等，目前在台灣四處可見；你對這些叔叔、阿姨有什麼感覺呢？

什麼是「新台灣之子」？你的班上有嗎？你們相處得如何？

尋寶風雲

陳玉蘭是個人見人愛的漂亮寶貝；因她較晚入學，比班上大多數同學還大一歲，所以同學們都暱稱她為「蘭姊」、「大姊頭」。可是，最近大家卻改稱她「懶姊」了……

這學期開學時老師分配整潔區域，玉蘭跟佩玲、淑真、美華四人，一起負責清掃水溝和洗手台。

當時，佩玲瞥了玉蘭一眼，立刻噘起嘴，悄悄的跟其他兩個人

說：「哼！好倒楣呵！怎麼跟『懶姊』同一組呢？」

「對啊！我們運氣真差！」

事實上，玉蘭的表現，也怪不得別人排斥她。自從阿姨送給她一對耳環、一隻水鑽戒指及一瓶粉紅色指甲油之後，玉蘭就開始把自己打扮得漂漂亮亮的；親戚或爸媽的朋友來到家裡，都異口同聲的說：「小蘭啊，才多久沒見，就變成這麼漂亮的小姐

嘍！」

「這女孩氣質真好，以後一定是個大美人！」

「那對耳環真秀氣，戴在可愛的臉蛋上，真是高雅呢！」

玉蘭聽了大家讚美的話，心裡覺得真舒服，並且由衷感謝阿姨。可是，漂亮的玉蘭卻因此變得不喜歡掃地、洗碗，更不願意洗衣、種花、修剪花木了；因為，她怕這些粗活會傷了手，弄壞戒指。

家裡的工作本來就不多，爸媽又溺愛，所以對變懶的玉蘭從不責

備。但是，到了學校情況就不同了，誰都不願跟「懶姊」同組打掃、輪值日生！

「哼！『懶姊』就像個大小姐，只會大剌剌的叫別人工作。」

有些男生也在背後說：「大姊頭越來越不像話，怪不得越來越沒人緣了！」

這些日子，玉蘭總是悶悶不

樂，埋怨那些疏遠她的同學。

「哼！妳們是嫉妒吧？誰教你們天生的黑皮膚、塌鼻子、還有老鼠耳朵，打扮也沒用嘛！」

原來，同組打掃的三人裡，佩玲皮膚黝黑、淑真鼻子扁平、美華的耳朵很小。不過，她們自己並不在意；只要跟同學們相處愉快，哪在乎誰黑、誰塌鼻，誰小耳朵呢？

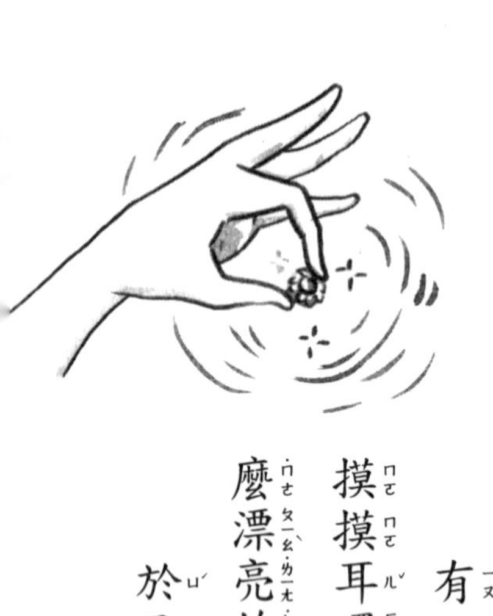

有一天午餐後，同學們都在教室裡午休。玉蘭摸摸耳環，覺得好像沾上了些油垢；她心想：「這麼漂亮的耳環，髒了就難看嘍！」

於是，她悄悄來到走廊上的洗手台，輕輕摘

下耳環，扭開水龍頭，細心的沖洗。洗著洗著，一不小心，耳環竟然從手指尖溜走，一下子就被沖進水管裡去了；玉蘭連忙伸手去勾，但哪能勾得著呢！

「唉呀！怎麼辦？對了！把水龍頭全扭開，水勢一大，耳環不就沖出水溝了嗎！」

水力全開的沖了一會兒，關上水龍頭，玉蘭找來一把小鏟子，把溝裡的汙泥小心翼翼的鏟上來仔細尋找她的寶貝耳環。

「不知道沖到哪兒去了？」玉蘭一直鏟著、找著，不知不覺中已鏟了兩、三公尺長了。這時候，佩玲看見了，叫淑真和美華過來悄悄的說：「太陽要從西邊出來了！」

「真想不到『懶姊』會在午休時間自個兒清理水溝！」

「不要再叫她『懶姊』了，應該改叫『蘭姊』啦！」

她們三人的聲音雖小，玉蘭卻清清楚楚的聽見了；她不好意思說自己並不是在打掃，只好裝做真的是在清除水溝淤沙。

佩玲說：「都是我們平時沒掃乾淨，才害得愛乾淨的蘭姊休息時

間還要打掃。」

淑真說：「我們不該讓她一個人辛苦！」

美華說：「對！大家都是好朋友嘛！走！一起工作去！」

「蘭姊！我們一起來幫妳！」四個女孩就這麼妳鏟沙、我沖水的，水溝立刻乾乾淨淨、清清爽爽了。

玉蘭一邊打掃一邊想：「我雖然丟了耳環，卻找回了更珍貴的寶物了！」

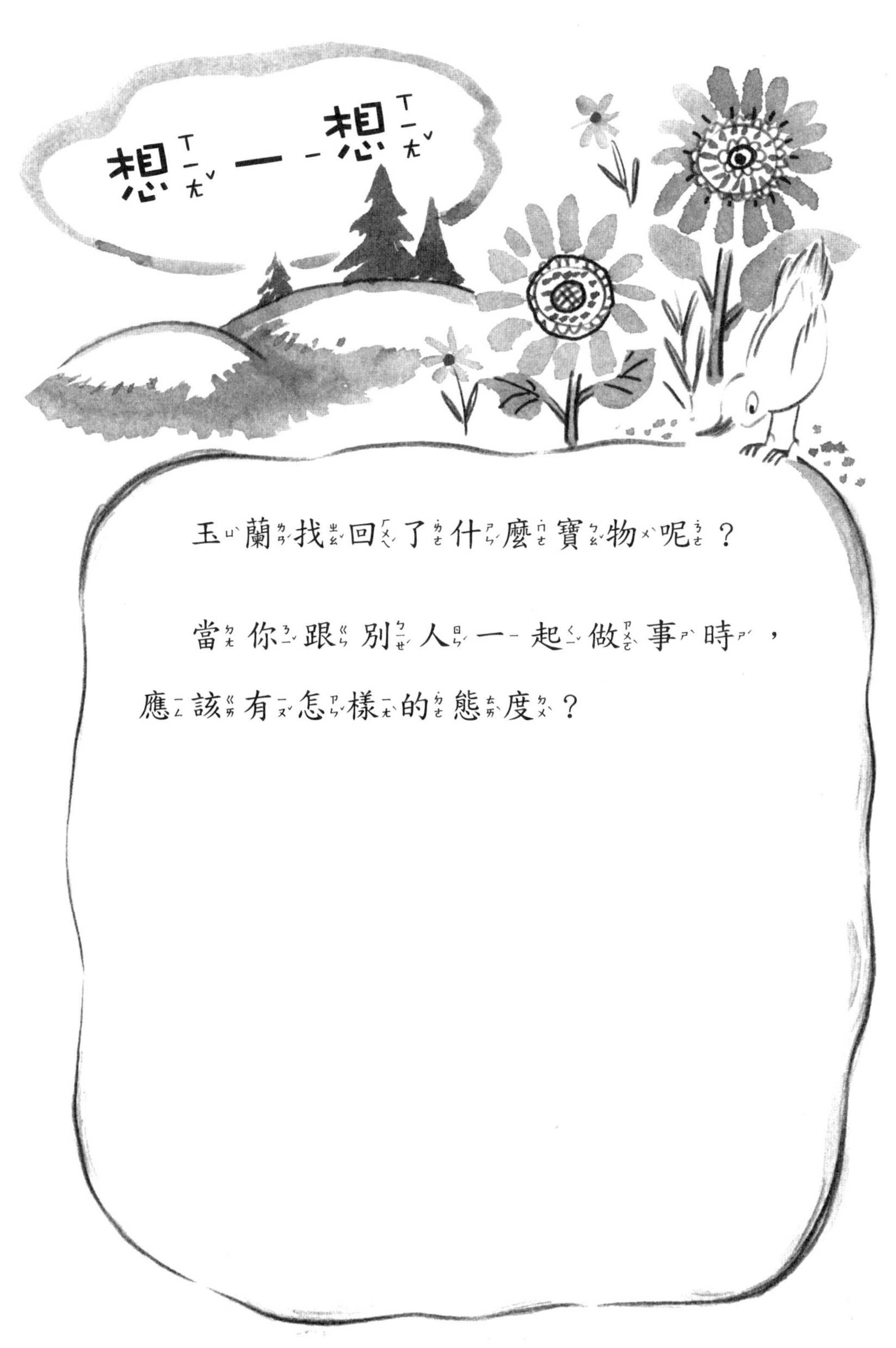

想一想

玉蘭找回了什麼寶物呢？

當你跟別人一起做事時，應該有怎樣的態度？

講義氣的孩子

中午用餐時間，建明卻躲在校園的某個角落，忍著飢渴。忽然，他聽到了班導師親切的叫聲：「建明，你好幾天沒吃中飯了，到老師家來吧！」

「不用了，我剛吃過一條番薯，謝謝老師。」建明連忙解釋；不過，肚子卻不爭氣的咕嚕叫著。

「建明，老師知道你堅強，臥病的母親和幼小的弟妹都靠你照顧，所以你更不能垮下來啊！來吧，別跟老師客氣了。」

在班導師的關懷下，五年級的建明一年來艱辛的過著每一天；不過，他更在意的是，除了救濟金，他如何靠自己的力量維持生活。

他將這個想法告訴老師，要求老師代尋課後打工的機會。

「可是，小學生不能打工哩……對了，張仲豪的爸爸經營

藥廠，聽說他需要假日打雜的，你應該可以辦得到；這樣既可以領些工資，又不會妨礙學業。」

談妥之後，老師帶著建明來到同學的家中，跟仲豪的爸爸見面。置身豪宅的建明，彷彿到了另外一個世界，好奇的望著四周的一切。

老闆發現了建明好奇的眼神，便站起來指著四周的古董說：「這些是我多年來蒐集的國寶級古董。那尊關羽瓷像，是幾百年的古物；還有這幾幅墨竹，是鄭板橋的真跡，都是

無價之寶……說這裡是客廳，不如說是國寶陳列室來得恰當！哈哈哈……」

老闆拍著建明的肩頭說：「這裡每逢假日就會有訪客來參觀；你就守在這裡留心古董安全，順便打掃客廳。可以嗎？」

「是！我會好好做的。」建明謹慎的回答。

之後，建明放假時便來到這座豪宅打工，日子過得還算輕鬆愉快。

可是，老闆的兒子——跟建明同一年級的仲豪，還有他妹妹小芬，卻是嬌生慣養、調皮搗蛋的孩子，經常嘲笑及捉弄打工的建明。

某個週末，仲豪扮成印地安戰士，手持玩具弓箭出現在只有建明

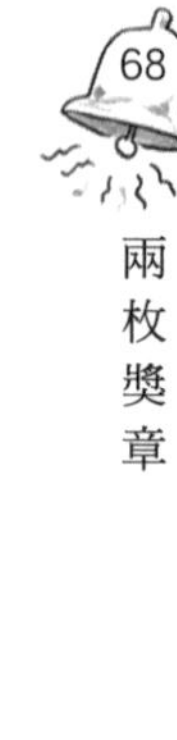

看守著的客廳，高喊：「哪來的小乞丐！看我的箭！」說罷，便將箭射向建明；建明眼明手快，一下便閃過了。

仲豪一箭落空，生氣的說：「哼！不跟你這小乞丐玩了！」便跑到院子，朝著屋邊的玉蘭花樹瘋狂射箭，樹葉紛紛飄落；一旁看著的小芬拍手叫好。

忽然，有一枝箭方向偏了，穿過氣窗，擊中了關羽瓷像；瓷像搖搖晃晃的倒了下來，「砰！」的一聲，瓷像斷成了兩截。

仲豪詫異的進屋查看，「慘了！那是爸爸心愛的寶物啊！」仲豪發現自己闖了大禍。

「糟了！這是老闆珍藏的古董呀！」建明慌得手足無措。

看到碎裂的瓷像，小芬嚇得尖叫一聲。這時，老闆聞聲而至，看見心愛的古董碎裂一地，氣得發抖，厲聲責問：「是誰打破的？」

三個孩子都不敢回答；老闆更氣了，提高聲音再問：「究竟是

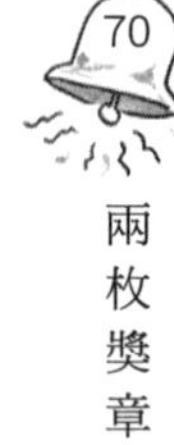

誰？快說！」

「是我！」看到仲豪、小芬嚇得發抖，建明竟然挺身頂罪！

「你……你怎樣也賠不起啊！」老闆生氣的指著建明說，「算了！你以後不用來了！」說完，便怒氣沖沖的轉身進房。

建明馬上跪下說：「老闆！請您原諒我！求求您不要趕我走，我不能沒有工作……

求求您……」然後，便這麼一直跪在客廳裡。

看到爸爸生氣的樣子，仲豪和小芬一時之間嚇得不敢作聲。但是，看到跪著的建明，小芬心想：「哥哥和我平日老是欺侮他，他卻為哥哥頂罪……」

小芬心裡很過意不去，便對仲豪說：「哥哥，我們還是跟爸爸說實話吧！」

仲豪也覺得好難過；於是，兄妹倆一起來到爸爸面前認罪。

老闆知道真相後，立刻跑到客廳將建明扶起來，對他說：「建明！是我不好，沒查明真相便責怪你，真是太魯莽了！」

小芬拉著建明的手說：「建明哥哥，原諒我哥哥和我好嗎？要繼

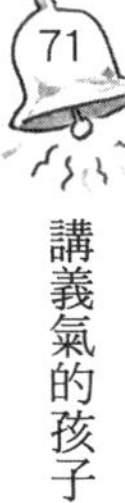

續留在我們家呵！」

建明眼裡噙著淚水，不知是心酸還是喜悅。

老闆紅著眼眶說：「你們都是有情有義的好孩子！我雖然失去了一件古董，卻發現了更珍貴的赤子之心！」

你覺得建明為仲豪他們頂罪的行為如何呢？如果是你，你會怎麼做？

小芬和仲豪有哪一點是值得肯定的？如果你是爸爸，會原諒他們嗎？

「鴨母蹄」與「金剛腿」

志宏最難過的是，全班同學都笑他是「鴨母蹄」。什麼是「鴨母蹄」？比較正式的名稱是「扁平足」，就是足弓不明顯、腳底扁平，像鴨掌那樣平平軟軟的。

志宏跑得不快，所以他最不喜歡運動會了；因為，每一個人都要參加的賽跑項目，他始終跑最後，而且離前面的人很遠哩！每年的全校躲避球賽，也是他很害怕的事；跑得慢、躲得差，攻擊手最喜歡拿他當靶子。真慘！

媽媽知道志宏走路辛苦，所以每天開車接送他上下學；因此，志宏一雙腿白白細細的，看起來就像個道地的文弱書生。幸虧他書讀得好，同學不會看不起他。

可是，志宏後座的大個子——志旺，每次考試都要志宏「不經意的」洩漏答案讓他偷看。

有一次月考，老師

一直盯著他倆不放；志宏一向膽小，整節課下來，都沒機會讓志旺偷看。儘管志宏說明了當時的狀況，可是志旺竟然「賊比人凶」，不檢討自己，反而怨起志宏了。

有一天，在體育館裡練習墊上滾翻，志旺趁老師不在場時，狠狠的揪住志宏的衣領，往後一推，讓志宏一屁股跌下去；還好墊子很厚，志宏沒什麼大礙。志旺看他沒事，又猛然踹了一腳！

「嘿！打什麼架呢？有話好說嘛！」

原來是住在志宏隔壁的轉學生振和出來勸架。振和有一個綽號——瘦皮猴；因為他又黑又瘦，個子又

矮小。

「我以為是誰，原來是瘦皮猴啊！我在跟我兄弟算帳，不干你的事！」

「志宏好歹是我鄰居，問一下原因總可以吧？」

「好吧！」志旺帶著玩笑的口氣，「我們打賭要在墊子上賽跑，輸的人要當狗爬過對方的胯下。」

志旺指著體育館裡鋪得滿滿的墊子說。

「我代替志宏跟你賽跑怎樣？」

「哇哈哈！哇哈哈！」

志旺笑得前俯後仰，差點兒笑出眼淚來；他說：「當然可以！我輸了，馬上當狗爬過你胯下！可是，你如果輸了，我要你爬過在場每個同學的胯下。」

「一言為定！」振和走過去跟志旺勾了勾手指，然後脫下外套，又捲起褲管。志宏十分擔心的說：「振和，你何必幫我出頭，你又不欠我什麼！」

振和搖搖手說：「不關你的事，是我自

己好勝而已！」說完又脫下鞋子。

這時，圍觀的同學都驚奇的叫了起來：「瘦皮猴也是鴨母蹄！」

「哇哈哈！哇哈哈！」志旺又是一陣狂笑。

「不要笑得太早好不好？比賽還沒開始呢！」振和說。

「一個鴨母蹄竟敢向本大爺挑戰，而且還是赤腳踩軟墊！」

不同於操場的優泥跑道，在體操的帆布墊上，沒有超強的腳力是跑不快的，何況是鴨母蹄！大家都擔心振和不知如何取勝？若是輸了，怎能受得了侮辱？

聰明的振和知道大家的心理，他微笑說：「要比了才知道，請大家不要擔心得太早啦！」

兩人站定後，就由志宏發令：

「我要喊嘍！預備……起！」

穿著高級球鞋的志旺拔腿就跑，赤腳的振和緊追在後；轉眼間，兩個人都到達另一頭又折返了，看起來勝負難分。只是，赤腳的振和始終跟在高大的志旺背後嘻嘻笑笑、躲躲閃閃；志旺則頻頻回首而亂了腳步。

快抵達終點時，振和身體一

閃，迅雷不及掩耳的搶到前面踏上了終點線。振和贏了！志宏高興的歡呼起來。

從此，志宏和振和便成為孟不離焦的好友。有一次，志宏好奇的問：「振和，你我都是鴨母蹄，為什麼你卻能動作敏捷、健步如飛呢？」

「我從小生長在山地，赤著腳跑上跑下，鴨母蹄也不得不磨成金剛腿了！」

「真的？我又不住在山地，怎麼練金剛腿？」

「可以呀！從明天起，不要讓你媽媽開車送

你，自己走路，包你有效！」

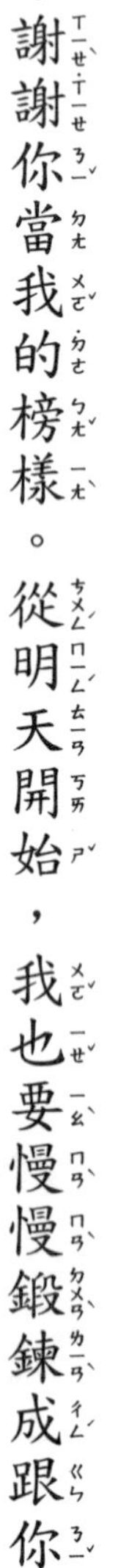

「對！謝謝你當我的榜樣。從明天開始，我也要慢慢鍛鍊成跟你一樣的金剛腿！」志宏充滿自信的說。

同樣是「鴨母蹄」，振和和志宏心態有何不同？

你們班上有沒有會欺負人的同學？你們怎麼對待他？如果你被欺負，你會怎麼處理呢？

兩枚獎章——遠足風波

朝會時校長宣布：「週五遠足，地點是本地名勝——白鵝峰。」

明哲不禁拍手叫好，回頭對文德說：「好極了！這回我一定要參加，白鵝峰就在我們家那兒啊！」

前年，明哲還是個活活潑潑、東奔西跑的孩子；但是，舊居附近的一場大火，把許多人家吞沒，也把他的腳壓斷了。從此，他就需要靠枴杖走路了。

「我很想參加遠足，可是擔心老師不允許。」明哲想起去年對老

師說要去參加遠足，老師卻叫他不要妄想，以免連累老師和同學；所以，明哲很怕又被老師拒絕。

「擔心什麼！現在的蕭老師和去年的張老師不同啊！蕭老師不是鼓勵你跟大家一樣上操場遊戲嗎？」文德安慰他說。

下課時，明哲勇敢的到教桌旁，低著頭說：「老師，我想參加遠

足。」

老師抬起頭來，發現熱切祈求的眼神，就拍拍明哲的肩頭說：「好啊！不過，希望你先問問爸爸媽媽。」

「爸爸媽媽一定會答應，因為我家就在山裡，我走慣了山路。」

「若是這樣，你當然可以去嘍！」

明哲高興得差點兒大聲歡呼！

第二天一早，天氣晴朗；八點鐘，隊伍浩浩蕩蕩的從學校邁向山嶺。突然，有

個同學以詫異的目光望著明哲說：「咦！你怎麼也來了？」「跌倒了怎麼辦！」「會害我們趕不上別班！」……同學們的抱怨此起彼落。

文德站出來說：「你們不用操心，我會陪著明哲！」等大家各自向前走之後，明哲說：「謝謝你幫我解圍。你放心，我可以自己走上去。」

山路越來越陡，有女生發起牢騷：「好難走啊！為什麼不坐車去遊樂園，偏偏要爬山，好傻呵！」

「這是鍛鍊身心的好機會啊！」老師說，「平常你們都待在室內，可以趁這個機會親近大自然，好好運動一下！」

「是啊！有什麼好埋怨的？你看，明哲都走上來了！」有人這樣一說，大家的視線又集中在明哲身上了。他拄著枴杖，一步一步艱辛的走著，總算還能跟得上隊伍。

總算到了目的地，那是一片翠綠如茵的草地。同學們擦去額上的汗珠，選個乾淨的地方坐下來歇息；也有的急於瞭望景色——「啊！學校在那兒！校舍好像火柴盒耶！」「那條河好像小水溝呵！」「找一找你的家在哪兒？」……

快樂的時光好像過得特別快；轉眼間，太陽已經偏西，大夥兒不得不踏上歸途。

下坡路對明哲是倍加困難，有幾次差點兒跌倒；但是，他都勉強

支撐，絲毫不願表露吃力的樣子。不過，一個不小心，他被一塊石頭絆倒，膝蓋擦破了，鮮血汩汩冒出。

「哎喲！明哲流血了！」隊伍被驚叫聲給嚇住了，老師連忙提著急救箱跑過來。同學層層圍住，面露同情的神色。

「活該！誰叫他要來！害群之馬，理他幹嘛！」一向蠻橫的財福，責怪明哲耽誤了大夥兒回家的時間。

「財福！你的話未免太刻薄了，難道你一點兒都不懂什麼是同情心？」老師趕緊糾正財福。

老師把明哲的傷包紮好，叮嚀文德：「陪明哲直接回家。」

文德扶起明哲，目送同學們遠去後，便說：「明哲，你實在不該

受人嘲笑。我一定要把你為了救人而受傷的事跟大家說。」

「不！決不可以說！如果你說了，我就跟你絕交！」明哲沉默了一會兒，接著說，「我最近讀了口足畫家謝坤山的故事，獲得了許多啟示和慰藉。比起謝坤山，我只是行動稍稍不方便而已，這樣已經很幸福了。我不但要效法他

自立自強，將來更要為殘障者謀求幸福！」

「嗯！懷抱著希望，就能產生勇氣，克服一切困難。」

兩個少年談了很久，然後相視而笑，眼神散放著希望的光芒。

想一想

你們班上有沒有行動不方便的同學？你是怎麼看待他的呢？如果有人欺負他，你會怎麼做呢？

你聽說過口足畫家謝坤山的故事嗎？他沒了兩隻手及一隻腳，卻能用嘴巴畫出一片天。對於這樣的人，你有何感想呢？

兩枚獎章——掌聲響起

六月裡，學期快要結束，颱風外圍環流卻帶來豪雨，上學的孩子艱辛的走在風雨中。

明哲的媽媽在門口摟著他說：「雨勢大，山路滑，你還是請假一天算了！」母親怎麼捨得愛子掙扎在泥濘的路上呢！

可是明哲卻不肯，他說：「我要像納爾遜那樣風雨無阻，遇到艱難不退縮。」

媽媽紅著眼眶說：「但他四肢健全啊！這樣的天氣，你留在家

裡，沒人會怪你！」

「媽！我的腳不行，但我的精神很堅強啊！」

「唉！你真的不肯缺課，那麼媽媽送你去。」

媽媽正想蹲下來背起兒子時，文德來了。他說：「伯母，您還要上班，我背明哲上學就好了！」說完便背起了明哲，一步步

邁在那熟悉的坡道上。只見雨水滾滾的從山上沖下來，狹窄的路面快被淹沒了。

上學的路程大約一公里多，文德漸漸感覺明哲越來越重；不過，他仍打起精神，腳步保持沉穩。

走下了山坡來到大馬路，上學的同學多了起來，腳步都十分急促。

「你看！明哲要人背來上學了！」

「羞羞羞！像個小孩子似的要人背！」財福

比手畫腳的嘲笑著。

「你還是將我放下來吧！我自己可以走。」忍住氣，明哲小聲的對文德說。

「好吧！你要小心。」文德還是保持警覺的跟在明哲旁邊，直到安全的進了教室，一起上完一天的課。

放學時，天氣轉晴了，文德替明哲提著書包並肩走著。財福仍然不肯放過他們，瘋瘋癲癲的在馬路上耍起了「公背婆」，還問大家好不好笑呢！

演過了「公背婆」，財福又半閉著

眼睛，學著盲人的模樣向明哲這邊摸索過來，嘴裡說著：「從前有個瞎子背著瘸子，一不小心跌進了池塘裡。」說完便用力踏著路上的水窪，泥漿濺濕了明哲的整條褲子。

文德再也忍不住了，憤怒的大叫：「你簡直欺人太甚！」就衝過去推了財福一把。財福一個踉蹌，跌倒在

馬路上。

這時候，剛好有一輛大卡車開了過來，「嘟嘟嘟」的喇叭聲響個不停，財福卻像是驚呆了似的，躺在地上動彈不得。

就在這一瞬間，明哲撲了過去，抱住財福滾到路旁；大卡車剛好從兩人身邊呼嘯而過。

「哇！……」財福大哭起來，「對不起！我那樣對你，你卻救了我……謝謝……謝謝……」

「沒什麼啦！反正我的腿有問題，打滾正是我的拿手好戲！」鬆了口氣，明哲還幽了自己一默。

「明哲！真是謝謝你！我差點兒害死人了……」

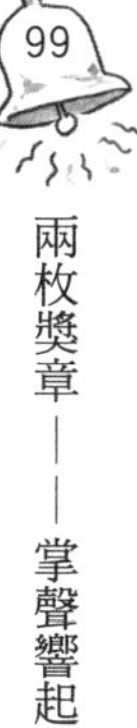

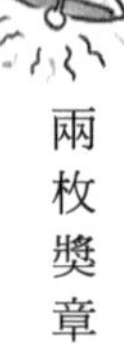

文德也流下了眼淚。

第二天朝會，又到了學期末表揚的日子。司令台上的校長莊重的說：「我們的同學中，有人表現了高貴的友愛，每天陪伴行動不方便的同學；所以，我們決定頒給他一枚獎章。現在，請林文德同學上台領獎！」

操場上立刻響起了熱烈的掌聲。

這時，文德卻遲遲不上台。蕭老師輕輕的推了推

他，文德這才慢慢的上台，先向校長一鞠躬，然後對著麥克風說：「嗯……我想，這枚獎章應該頒給明哲才對！」

校長覺得很詫異，同學們也如墜入五里霧中，不瞭解文德的意思。

文德接著說：「兩年前，我和明哲是住在同一個小鎮的鄰居；那時的明哲身材健壯，跑得比我快、跳得比我高。

「有一次，鄰居不幸發生火災，熊熊大火逐漸吞沒房子。這時，我忽然發現有一個鄰居的小女孩困在一間木屋中，火就快燒進去了；

我好幾次想衝進去救人，卻怕被火燒到。就在我猶豫的時候，明哲毅然的衝進去救人；當他們逃出時，正好門板砸了下來，壓住明哲的腳。雖然女孩撿回了一條命，明哲卻失去了一條腿。」

文德說到這兒，不禁哽咽；他勉強自己接著說下去：

「我是個膽小鬼，只會喊叫，卻

沒有勇氣救人；而明哲是那麼有勇氣和愛心，在我的心目中，他是英雄。這段救人的往事，明哲一直不肯讓我說出來；可是，我再也忍不住了……」

這時，台下靜悄悄的，一點兒聲音都沒有；有人掏出手帕，輕輕的揩著眼角。一陣靜默後，校長才站到麥克風前說：「我想，我們應該頒發兩枚獎章，一枚給文德，一枚給明哲。」

熱烈的掌聲又響起，許多同學——包括財福及曾瞧不起明哲的孩子們——情不

自禁的擁到明哲和文德身邊，緊緊的握起他們的手。操場上的隊伍亂了，但有誰在乎呢！

想一想

校長為什麼要頒發兩枚獎章？

如果有人欺負你，你該怎麼辦呢？

明哲奮勇救人的精神雖然感人，但他的做法是對的嗎？如果你在現場，想要安全的救人，你會怎麼做呢？

母女情深

佩玲的爸爸是篤實的農夫；雖然耕種的只有貧瘠的幾分田，但經營得法，媽媽又善於持家，一家人過著和樂融融的日子。

佩玲升上國三時，媽媽患上了奇怪的眼疾，視力衰退、容易疲勞；媽媽不願為此讓家人擔憂，所以到了病情相當嚴重才告訴爸爸。診斷之下，原來是難治的青內障；雖可開刀治療，但成功率很低。當時還沒有全民健康保險。為了醫治媽媽，爸爸花光了所有積

蓄，甚至變賣了田地——這是他們最後的一線希望；如果眼睛好了，媽媽可以料理家事，爸爸便可以沒有牽掛的出外謀生。

但是，他們唯一的希望落空了；開刀之後，媽媽卻完全失明了！

看到爸媽相擁而泣，佩玲安慰父母說：「您們不是常說天無絕人之路嗎？現在，我長大了，可以幫媽媽做事了！」

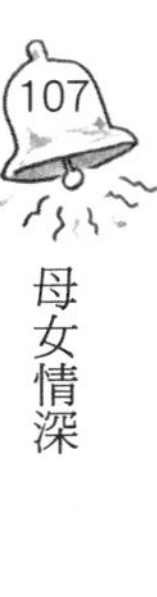

繁重的家事並沒有累倒佩玲；國中畢業時，佩玲還獲得全校第一名，讓爸爸媽媽好驚訝。對女兒的成就，爸爸憂喜參半；喜的是女兒的爭氣，憂的是怎麼供女兒升學？看著佩玲上台領獎，媽媽卻不斷掉眼淚——她想起自己小學畢業時，因為不能升學而哭了好多天；現在，「怎麼可以讓佩玲重蹈我的覆轍！」

典禮結束後，校長由班導師陪著來到佩玲及她的父母面前。

「恭喜你們，有個那麼優秀的女兒。老師已經將你們的困難告訴我；所以，我聯繫了一個基金會，可以幫佩玲解決學費問題。」校長

說。

「真是太感謝您了！要不然，我們會覺得對不起我們的女兒……」

這對夫妻喜極而泣，一旁的佩玲也不住的向校長道謝。

不過，佩玲心想，自己到離家那麼遠的高中上課，媽媽就更辛苦了，她一個盲人怎麼料理家事？但是，看到媽媽那麼開心的樣子，又怎能違背她的心意？

期中考前的某一天，佩玲和同學研究功課，較晚回家。當她一踏進家門，就聽見「鏗！」的一聲，廚房傳來碗盤破碎聲；佩玲連忙衝

了過去，看到媽媽呆若木雞的站著，手掌滲出鮮紅的血。

「媽！您流血了！您怎麼可以做這樣危險的事，這應該是我做的呀！」

「傻孩子，妳別擔心，我只是一時不小心。沒什麼事啦！」

但是，佩玲再也不放心讓媽媽一個人在家，就這麼接連缺課；媽媽再三逼著她上學，佩玲就是不聽。

後來，班導師到佩玲家拜訪，知道了原由，便對佩玲說：「做一件事不能半途而廢啊！父母都希望妳繼續讀書，如果妳打退堂鼓，全家的希望不就破滅了！」

「可是，讓媽媽獨自在廚房裡拿刀、點火，我怎能放心？」媽媽拉著佩玲的手說：「老師說得對，如果只擔心眼前的處境，而忽略了追求理想，怎會有更好的明天？」

就在佩玲低頭不語的時候，媽媽接著說：「這樣好了，妳每天事先把菜洗好、切好，然後由我自己來煮；我會小心用火的。我們母女分工，這樣妳就可以放心去上學了。」

媽媽翹起大拇指，像年輕人那樣充滿挑戰和勇氣的姿態，逗得佩玲和老師不約而同的開懷大笑。

導師趁機囑咐：「佩玲！妳要知道媽媽的心；孝順，就是體貼媽媽的心意啊！」

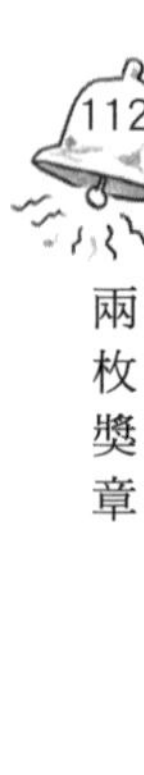

隨著日子過去，媽媽果然逐步挑戰成功，連其他家事都能得心應手、百無一失，還多次在那個贊助佩玲學費的基金會活動上表演，贏得熱烈掌聲。至於佩玲，成績一直名列前茅，老師打算推甄她上國立大學呢！

想一想

當你生病時，爸媽是不是很擔心？那麼，你該如何注意自己的健康呢？能不能也提醒爸媽注意他們的健康？

佩玲的媽媽及導師為什麼堅持要佩玲升學？你覺得他們說得有道理嗎？

第二輯

難忘的童年往事

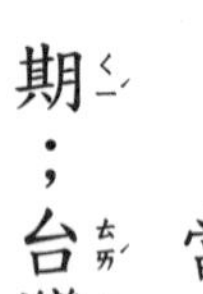

一個西瓜

當我十歲的那一年，正是第二次世界大戰的末期；台灣當時在日本統治下，民生物資相當匱乏。

夏日裡的某一天，爸爸叫我送一封信到舅舅家去。舅舅家在三四公里外的河邊，青山綠水，風光旖旎。

我邊走邊玩，到達時剛好中午。午餐是難得的白米飯，我毫不客氣，吃得肚子鼓鼓的。吃飽後，就跟表哥、表弟跳進門前的河裡，痛快的游泳戲水。

直到舅舅站在門前高聲呼喊：「吃西瓜嘍！」我們才上岸。

舅媽剖開一個大西瓜，透亮鮮紅，令人垂涎欲滴。我好久沒吃過西瓜了，迫不及待的接過一大片，大口的咬下去；喔！好甜好沙！差點兒把舌頭也一起吞了下去。

舅媽說：「文郎的媽媽最喜歡吃西瓜了；以前她來這兒的時

候，總是先吃西瓜，吃得連飯都不想吃呢！」舅媽的話引來一陣哄堂大笑。

舅舅愉快的指著牆邊的三個西瓜說：「日本人不准我們在田裡種西瓜，這是在河邊栽的，只收成了四、五個，文郎帶一個回去吧！」

舅媽卻反對說：「唉！這麼重的西瓜，要抱著走那麼遠的路，不把文郎累壞才怪！」

舅舅看看我，瞇著眼睛露出笑意說：「抱不動了，就砸破吃掉吧！反正，走那麼遠的路一定很渴。」

我一想起媽媽對西瓜的喜愛，便下定決心：就算是要走過千山萬

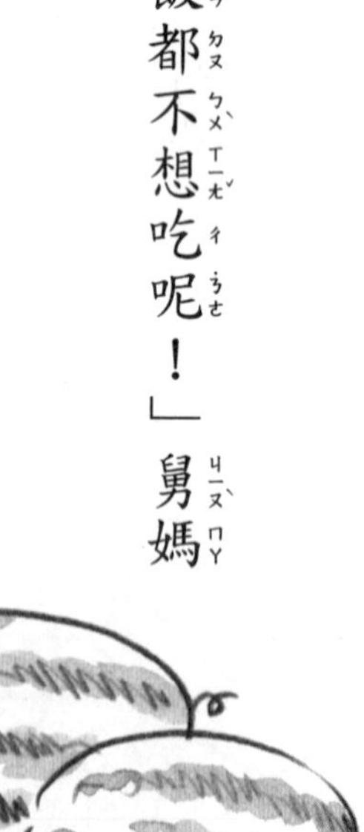

水，也要帶一個回家去！

舅舅抓來一把稻草，把根部那一頭紮起來，然後攤開包住最大的那個西瓜，再把上頭紮好，叫我提提看。我用力一提——還滿重的，大約有十斤上下吧！不過，壯得像小牛的我，覺得應該提得動。

在道別和祝福聲中，我提著大西瓜踏上河邊的砂石路。走了幾百公尺後，卻發覺西瓜愈來愈重，真是出乎意料。我將西瓜由右手換到左手，再由左手換到右

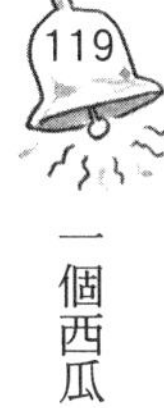

手，不斷換來換去；掌心和指頭，被草繩摩得像燒傷似的灼熱起來。當我走過沙灘、穿過林子後，雙手已麻得快不聽使喚了。這時忽然靈機一動，心想：「為什麼不用背的？」

於是，我從雜木林裡拔了纏繞在樹幹的「雞屎藤」，編成兩個圓環，一上一下的套住西瓜；再把圓環接連，又編成兩條背帶。這樣就可以像背小孩那樣背起西瓜，果然輕鬆多了！走過山麓，就要過河了；當我一踩進長滿水苔的岩石——好滑呵！差點兒滑倒了。

「不行！不行！若是將西瓜砸破了，不就白辛苦了嗎！」

我縮回腳，先把西瓜放在水裡，西瓜便浮在水面上；我脫下衣褲

綁在頭上，推著西瓜游過了碧綠的溪潭，再背起西瓜趕路。

午後的陽光格外驕橫，晒得路面的砂石熱滾滾；赤裸的腳底，陣陣刺痛，像觸電似的傳向全身。肩頭瘦了，腰也軟了，汗水泉湧般冒出，眼睛也開始冒金星了；我不知道，搖搖晃晃的自己還能支撐多久。

幸好！前方有一棵苦楝樹，總算可以躲進樹蔭裡了！放下西瓜

鬆鬆肩頭，突然覺得好渴呵！

「砸破吃掉吧！路上一定很渴！」舅舅瞇著眼說的話，不禁浮上心頭。

也許舅舅的本意就是送給我在路上吃的；而且，這西瓜又害我背得好苦！我有些恨起西瓜了，巴不得立刻將它砸破吃掉。

可是，另一個念頭又阻止著我：「不！媽媽多喜歡西瓜呀！她好久沒嘗過那又甜又沙的滋味了！我在舅舅家享用夠了，該為媽媽背回這個西瓜的！」

於是，我又挺起身、背起西瓜，哼著媽媽教我的童謠，頂著陽光往前走。

當我踏進家門檻、卸下西瓜時，竟然全身軟綿綿的躺在客廳的木椅上，然後便閉上了眼睛……

在迷迷糊糊的睡夢中，似乎聽到媽媽驚叫著說：「哎喲！這孩子，說有多傻就有多傻！大熱天，要爬山又要過河，還背這麼大的西瓜回來！」

爸爸卻稱讚說：「了不起！背這西瓜回來，不但要有愛心，更要有耐心啊！真是難得！」

想一想

文郎為什麼千辛萬苦帶回西瓜？

媽媽真的認為文郎很傻嗎？媽媽為什麼會這麼說？

你有好吃的東西時，會不會跟別人分享呢？

一碗粉粿

有一次，三五好友興致勃勃的談著美食，每個人都談起「媽媽的味道」——媽媽得意的食譜或拿手料理——似乎比傅培梅、阿鴻、阿基師等大廚做的還好吃。

只是，當我說「媽媽的味道」是QQ的「蕃薯粉粿」時，大家都露出詫異的神情，表示不可理解。

有個朋友提出質疑：「蕃薯粉粿有什麼好滋味，值得你這麼懷念？真教人難以理解。」

我告訴朋友們，小時候的我，更覺得有很多事難以理解，其中最大的疑問是：我的母親明明命苦，家窮孩子多，吃穿都得費盡苦心張羅；可是，每當母親帶著我們兄弟姊妹出外時，不管遇見親戚或朋友，一見面就說：「阿盆，妳好福氣！牽一個、背一個、肚子裡一個、後面還跟兩個，好熱鬧呵！」

有的裝出羨慕的模樣說：「這麼多的兒女，等妳老了就不愁吃、不愁穿嘍！」

有人更誇張的說：「何止不愁吃穿！大富大貴、風風光光，誰人能比！」說得好像我們兄弟姊妹將來都能飛黃騰達似的。

母親有七子五女，「增產報國」不落人後；生計的負擔之重，現代人大概很難想像。小時候的我，總是覺得親友們說母親「好福氣」時，那口氣明明是嘲笑、是諷刺啊！

儘管小小心靈受到傷害，但那是大人之間的事；小孩管不了，只好置之不理。可是，在孩子的世界，「貧苦」是要接受赤裸裸、毫不掩飾的對待呢！

首先，我被擁有零用錢的同儕排斥，只好悄悄加入「野食幫」，寧可採食山蔬野菜，也不接受嗟來食。我們就像「神農氏」嘗百草，因此熟知哪種野果甘美可食。

不過，那些野食畢竟不能隨便吃。有一次，我貪吃紅寶石般晶瑩的小野果——俗稱枸杞子的菝契，而引起肚子絞痛，苦不堪言。母親眼看蒼白瘦弱的我，抱著扁癟的腹部忍著苦痛的樣子，不知如何安慰，只

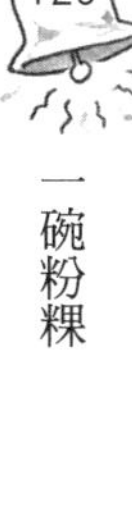

有讓眼淚沿著枯黃的雙頰直流。

在母親的家事裡，拾番薯、撿落花生，算是工作的大宗；從河川地的田園撿回來的番薯根是餵豬的最佳飼料，人是吃不得的。

有一天，我幫著洗番薯時，發現母親的面容特別開朗。她說：「文郎啊！你不要再找枸杞子當零嘴了，阿母做一種很好吃的東西給你吃。」

「什麼東西？」我隨口問道。

老實說，我不敢抱著太大的希望，也不敢相信母親會有什麼了不起的魔法，所以只是淡淡的回應著；然而，母親的表情竟然是那麼的

認真篤定。

母親把洗掉泥沙的番薯根和番薯片，特地再用一盆清水搓洗；然後小心翼翼的把那盆變成乳白色的水，捧上灶台擱著，並且說：「這水不能倒掉呵！」

那天，我好幾次悄悄看著灶上的那盆水，眼看乳白色

的東西逐漸沉澱，猜疑著母親要拿它來變什麼魔術？

隔天，盆底凝結著一層白粉；母親細心的用湯匙刮下來，寶貝似的放在碗裡說：「這些太少，幾天後就可以累積足夠的粉末了！」

這樣的事反覆幾天後，碗裡的粉末累積到半碗那麼多了。晚餐前，母親把我叫到廚房說：「你先幫我洗兩根蔥、切碎，阿母給你做零食。」

沒多久，廚房裡便滿溢著香噴噴的油炸香。那天晚飯前，我吃到了天下第一的、終生難忘的美食——番薯粉粿。那是母愛的芳香、媽媽的味道，讓我終此一生感恩不盡的滋味。

想一想

一碗粉粿為什麼給作者留下深刻印象？

你最喜歡或印象最深刻的「媽媽的味道」是什麼呢？

你有沒有經驗過「貧窮」的生活？你怎麼對待家境較貧寒的同學呢？

一顆印章

光復後第二年，我在鶯歌初中肄業，名列前茅。台北的表哥是我童年時的親密玩伴，很關心我的學業；他積極遊說我父親，讓我報考轉學到台北他所就讀的公立中學，可以進一步升上理想的大學。

表哥的關懷和慫恿，挑起了我對前途無限燦爛的憧憬。可是，當他直接對我父親鼓動他的三寸不爛之舌剖析情勢後，父親卻斬釘截鐵的回答：「文郎只有考公費的師範一途，你的好意我心領了！」

我當時完全能夠體會父親的處境。有十二個兒女要養，毫無祖產

蔭庇，單靠他當小學教員的微薄薪水度日，三餐能夠溫飽已是萬幸，還能奢望什麼呢？

民國三十六年夏天，我順利進入當時的新竹師範學校。我是貧苦學生當中的貧苦者，星期天我也很

少回家，因為父親希望我留校吃公家飯，以節省家用。

當年的師範生，算是找結婚對象頗為困難的微薄薪水階級。在我逐漸瞭解世間現實後，也產生了徬徨。同學們有人奮發向學，企圖升大學開創命運；有人心中另有規畫，打算等服務義務年限一到，就設法轉業。總之，當時的師範生普遍有著灰暗無奈的心態。

在那青澀的歲月裡，心情的憂煩與前途的暗淡，使我一再想起表哥對升學與人生規畫的剖析，隱隱產生一種悔不當初的想法：為什麼我不聽從表哥的勸進，勇敢的瞞著父親參加公立中學的轉學考試，造成事實後再請父親同意呢？何況，成績比我差的同學中竟

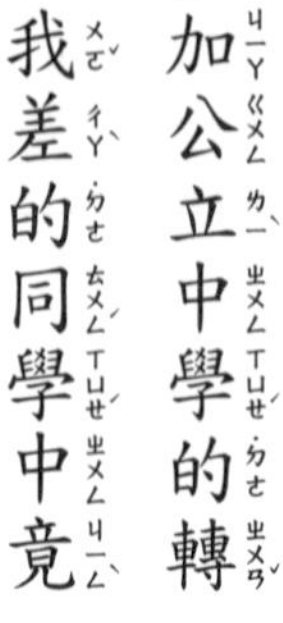

有人轉了進去呢！在那個不成熟的年紀，我竟懷疑起父親的愛，陷入心理的失衡。

這樣的想法，卻在一件小事上扭轉了過來。

在師範學校領公費時，須自備私章一顆。我將此事告訴父親；想不到，一向節約儉省得幾近吝嗇的父親，竟然說：「文郎的第一顆印章有紀念性，不能粗劣！」

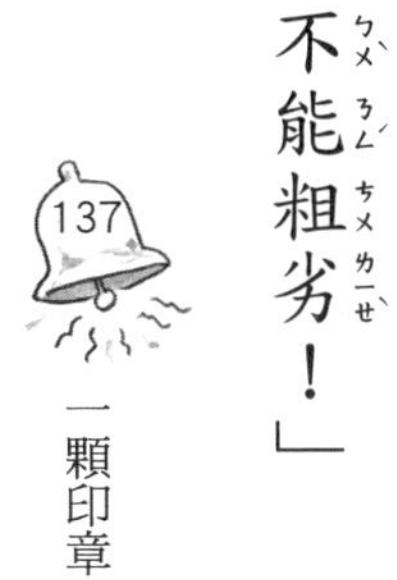

結果，當全班同學交出印章時，只有我的是骨質，而且是高雅古樸的隸書；跟其他的木質印章及粗俗的字體相比，我的印章猶如砂石中的珍珠，獲得了許多讚賞。

父親到底是愛我、關懷我的，對我有莫大的期望；每當我拿起印章，心中總有一股溫馨的暖流。從此，這顆印章便成為我隨身的寶貝，領薪、存款、印鑑證明、重要文件等都使用它。數十年時光一晃而過；印章雖屬堅硬的骨質，如今邊緣也已磨損，蓋出來的模猶如故意切角的藝術款式。

有一次到郵局領款，櫃檯小姐笑著說：「這是很難見到的古董喲！該換個新的了！」

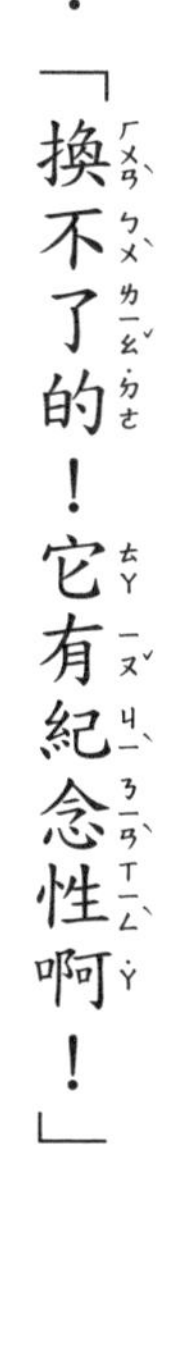

我說：「換不了的！它有紀念性啊！」

這顆印章，轉變了我對父親的心態，使我微妙的發現隱藏著的父愛。

或許是沉重的家計壓得父親喘不過氣吧？從父親年輕時，便嚴肅寡言；或許是眾多的子女分散了他的親情吧？我總覺得他冷漠無趣。

可是，每當我握住了那顆印章，心

中就會湧起一股濃濃的感情——永遠敬愛父親的感情。如今，這顆字體印角磨損了的印章，已成為我珍愛的收藏。

想一想

作者對父親的埋怨，後來如何化解？

你曾經埋怨過父母嗎？為什麼？後來如何化解呢？

你有值得珍藏一輩子的寶物嗎？你為什麼會那麼珍惜它？

一起寫的故事

民國七十年代，少棒熱潮風靡了台灣的每一所小學；我服務的學校也有一群活力充沛的少年，自動自發組隊練習，要為學校出賽。老師和家長大受感動，教練團、後援會陸續成立，而球隊也進入密集的苦練。

有一天，聰明機伶的捕手章銘，神祕兮兮的徘徊在校長室走廊，好不容易才鼓起勇氣走到門口，我笑顏相迎！

「校長，聽說您會寫故事，真的嗎？」

「是啊！」我點頭。

「請您寫我們的故事好嗎？」

「我已經在寫了，正需要你們提供資料呢！」

「耶！好極了！我去找他們來！」

那天午休，校長室超熱鬧。我從孩子們七嘴八舌的暢談中，知道了他們怎樣在收割後的稻田，將稻草捆成草球、編織壘包、以木棒練

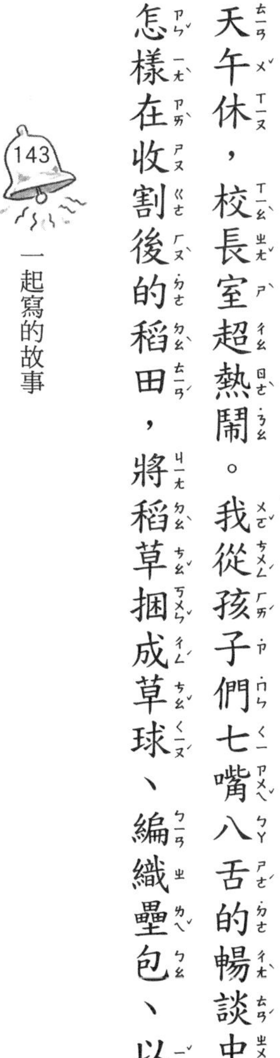

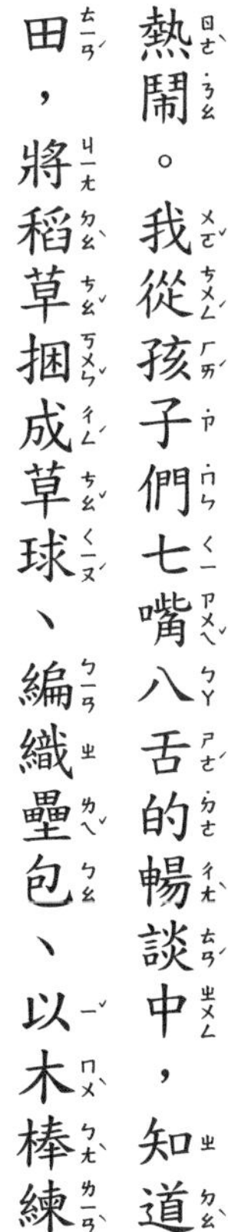

習打擊的情景；還有如何借到大人的魚籠，黎明即起，捕捉魚蝦賣錢來籌經費的經過。過程中也無意間透露了球員間彼此的互動、默契、糗事，甚至是競爭的心結；不過，他們終究還是目標一致，精誠團結，淋漓盡致的發揮了潛力。

瘋少棒的不只是少年，大人們深夜收看威廉波特少棒賽的轉播更是尋常。當他們發現自己的孩子瘋

得更熱時，也就老少瘋在一起，達成共識——打到「縣賽」，風光一回！

小球員們談得差不多了，章銘叫大家暫停，要我給他們一番訓勉。

我說：「章銘要我幫大家寫故事；其實，我只是執筆者，真正的創作者是你們自己啊！你們希望故事感人肺腑嗎？你們希望故事裡的球隊打到縣立棒球場，甚至到全國、國際的球場去嗎？這都看你們自己想要怎樣寫了！校長衷心期待精采的情節不斷出現！」

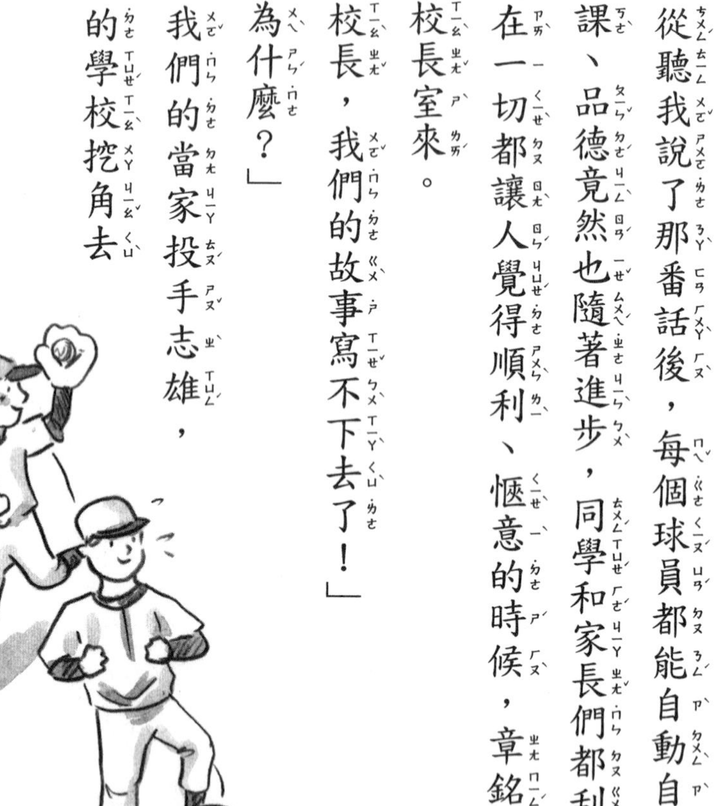

自從聽我說了那番話後，每個球員都能自動自發、精進猛練；而且，功課、品德竟然也隨著進步，同學和家長們都刮目相看。

就在一切都讓人覺得順利、愜意的時候，章銘有一天忽然哭喪著臉跑到校長室來。

「校長，我們的故事寫不下去了！」

「為什麼？」

「我們的當家投手志雄，被縣裡的學校挖角去了！」

「咦？真的嗎？」

「真的！那個有錢的學校要志雄轉校過去，條件是優厚的獎學金，直到上大學。志雄說，再多的錢他都不要，可是他爸爸答應人家了。」

「志雄呢？他在哪兒？」

「跟大家哭成一團了！」

我想了一會兒，對章銘說：「放心吧！校長去請志雄的爸爸也參與這部故事的寫作！情節一定逆轉的！」

我馬上打電話聯絡志雄的爸爸張先生；他跟我約了個時間見面，要向我說明事情的原委。

兩人見了面，張先生說：「孩子轉

學，對我這個小生意人來說，並不希奇啊！」

我說：「這次情況絕對不同；孩子們期待的情節發展，並沒有突然失去當家投手，這是無法接受的慘痛呢！」

「什麼情節發展？」張先生有些不解。於是，我就把小球員們要我執筆寫一部「少棒故事」的事情一五一十的向他說明，同時懇切的邀請他「參與寫作」。

見多識廣的張先生立刻會意，爽朗的說：「好吧！我拒絕那個纏著我不放的球探就是了！」

「謝謝！」我感激的跟張先生握了握手。送客之後，便去告訴孩子們：「志雄的爸爸已經答應幫我們寫作，為故事寫下動人的一頁

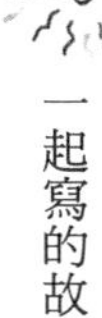

了！」

那一年，小球員們打到北部七縣市決賽，我也完成了一部「少棒小說」——《唱起凱歌》；那是我跟孩子、還有許多幫助我們的人一起寫下的動人故事。

小球員們為什麼是「真正的創作者」呢？志雄的爸爸又是如何「參與寫作」的呢？

小朋友，你自己正在「創作」怎樣的故事呢？

一塊墊腳石

清明回鄉掃墓時，在那雜草叢生、人潮蜂擁的公墓裡，許多一年難得返鄉一次的出外人，都在這裡碰面了；除了慎終追遠之外，似乎也成了同鄉會或同學會。

有一年清明，多年不見的阿棠，熱切的招呼著說：「你爺爺的墓就在這裡吧？讓我過去敬個禮。」阿棠要向我爺爺敬禮，由來已久；縱使他也成了「白髮蒼蒼」的祖父，還是記得我爺爺、念著我爺爺。為什麼呢？這就得從我們的童年說起。

我家那時算是大宅院，土牆環繞著幾間瓦屋，牆裡有一片柚子園。每當南風吹起，柚子花就像雪片似的點綴著柚子樹，濃郁的花香瀰漫牆裡牆外。梅雨過後，花瓣紛紛飄落，枝上便開始結出一粒粒可愛的小柚子。

這些小柚子，慢慢長得渾圓、深綠，堅硬又有彈性，像是硬式棒球一

般，最教我們這群頑童喜愛了。於是，偷摘小柚子就變成同儕之間的「流行」。

爺爺為了保護柚子的收成，時常巡視屋舍四周的果園；一發現侵入的頑童，就嚴肅的告誡一番，但從未疾言厲色。爺爺那裝模作樣的說教，對頑童根本是馬耳東風；孩子們經常人手一球，快樂的玩著不用錢買的綠色棒球。

玩綠色棒球是有季節性的。當熱浪吹襲，知了在樹梢喧嚷時，頑童們紛紛去林間黏知了；此刻是村莊裡最安寧的時間。

到了秋高氣爽時，孩童們遊戲的高潮又興起。我家的土牆變成表演翻跳和平衡行進的場所，牆下的盆栽、花卉，時常被踩得七零八落，慘不忍睹！爺爺心疼，不免氣憤的咒罵幾句，但罵過就算了；他老人家從來不知道、也不想知道是哪個孩子幹的好事。

有一天，矯健靈巧、膽大勇敢的阿棠，趁著爺爺午睡時，神不知、鬼不覺的翻牆跳進柚子園，尋找他理想的「好球」，把它摘

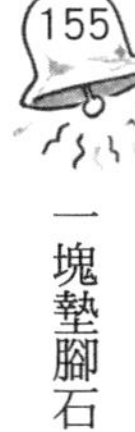

下藏進衣服裡。這時，他突然想到：「既然來了，也該給妹妹找個小一點兒的啊！」

當他把手伸向下一個目標時，忽然聽到背後傳來輕輕的咳嗽聲。他緊張的立刻回頭——啊！不得了！是柚子園的老主人！阿棠平日誇耀的膽子，嚇得不知飛到哪兒去了！

阿棠馬上飛也似的奔向牆腳，猛力往上跳，心想趕快逃離險地為妙！可是，平時羚羊般的跳躍功夫，不知消失到哪兒了，一次又一次的蹦起卻攀不上牆頂，愈是著急腿越軟。他絕望的心想：老實受罰算了，便慢慢的轉身面向我爺爺；這時卻發現，老主人雙手賣力的捧著一塊枕頭般大小的石頭，正彎腰駝背的一步步的逼向他！這可嚇壞了

自認同儕間膽子最大的阿棠。

阿棠說，當時他嚇得全身發抖，想喊「阿母」卻喊不出聲。可是，接下來的情況卻超乎他的想像。老主人把石頭放在阿棠跳躍著的牆腳，當作「墊腳石」；還替他摘來還

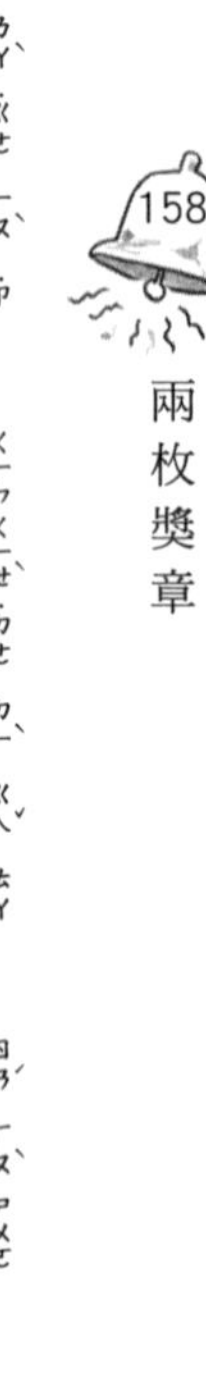

沒摘到的那個柚子，親切的遞給他，然後說：「小心，不要跌傷了！若是殘廢而影響了一生怎麼辦呢？你愛玩柚子，可以在颱風過後隨意的撿啊！正正當當又沒有危險。」

小小年紀的阿棠從此不再偷柚子了，也阻止同儕們的這種行為。此後，我家果園的柚子，在南風吹拂中結實纍纍；爺爺心愛的盆栽及花卉，也不再無緣無故的摔毀或斷折。

阿棠感慨萬千的說：「對你爺爺，我感恩不盡的是那句影響我一生的話：『喜愛什麼，不要偷，要正正當當去求，才能心安理得！』」

想一想

你覺得作者的爺爺是個怎樣的人呢？如果他重重的懲罰阿棠，阿棠還會如此尊敬他嗎？

你心裡有沒有一直懷念的人？若有，你為什麼會懷念他呢？

一隻小白狗

小時候，我一直很希望養隻狗當玩伴兒。三年級暑假時，有一天在菜園的籬笆外，偶然發現一隻躺在草地上喘息的小白狗。我情不自禁的抱起了牠，輕輕撫摸著牠；狗兒柔順的依偎在我懷裡，舔著我的手背。我不忍心丟開牠，便悄悄的藏在柴房裡。

儘管我喜歡狗，但養狗是個難題；爺爺奶奶還有爸爸媽媽，一定都會反對的。當時，太平洋戰爭一天比一天緊急，日本軍方為儲備

糧，向農家大事搜括，並實施配給：大人每天只有米八兩，小孩折半；一個月的米其實只夠吃半個月，每個人都過著半飽半餓的日子。這隻小狗一定是別人養不起才丟在那兒的。

那天下午，我在柴房守著狗兒，思索怎樣為牠尋覓食物？想了好久，一點兒辦法都沒有。

我家餐桌那時已經好久沒聞到肉味了。豬肉是配給的，半個月的量只有一小塊像拇指那麼大的肥肉，只能留著煮菜時擦擦鍋底；擦久了變得黑黑的，像沾滿油漬的抹布。我為了給小白狗充飢，就悄悄溜進廚房，把掛在灶頭的「黑抹布」偷了下來。

小白狗飢不擇食，很快的吞下了肉，然後搖搖晃晃的走到門外的水溝喝水，我緊跟在牠後面。就在這時候，我的玩伴阿瑞和阿木來了；阿瑞驚訝的說：「咦？乞丐順仔的小狗怎麼跑到這兒來了？」

阿木說：「聽說乞丐順仔被警察抓進什麼遊民收容所了。這狗兒一定餓壞了！」

「我們偷偷養牠！」這是我們三個人共同的心願。

「給牠取個名字吧！」

「就叫牠『西洛』（日文發音，「白色」之意）！」

「西洛！過來！」阿瑞已經逗起狗兒來了。

「你餵牠吃什麼？」阿木問我。

「我把家裡擦鍋子的肥肉給牠吃了！」

「不用擔心，我會偷些飯來！」阿瑞家的田多，可以經常吃到乾飯，讓我們這些小孩好羨慕。

西洛有飯可吃，我們也為牠高興。可惜，好景不常。有一天早晨，阿瑞的媽媽怒氣沖沖的拿著竹棒，大罵著追逐奔逃的阿瑞。

「你這可惡的孩子，敢偷白米飯給畜生吃！看我怎樣打死你！」

阿瑞雖然逃過了母親的一頓好打，可是西洛從此就沒飯吃了。我

跟阿木偷肥豬肉的事也敗露了，西洛的存在當然就掩蓋不住了。

媽媽對我說：「阿桐，我知道你喜歡狗；不過，我們家實在養不起牠。媽媽明天要到山上撿柴，順路把牠帶上去放生。」

我只能含淚點頭。第二天，母親叫我把西洛抱過去，放進竹籃子，然後又用黑布包起來，完全隔

絕了西洛的視線。

我們母子倆輪流提著籃子，走過漫長的田埂，來到水聲潺潺的大漢溪畔；再搭乘竹筏過河，又踩過了一段砂石路，最後進入茂密的雜木林。母子倆很快的撿夠了乾樹枝，捆好之後準備回家時，媽媽說：「現在，鬆開籃子口擱著；趁西洛還沒掙扎出來，我們就趕緊過河回家。」

一路上我頻頻回頭，多麼盼望能看見西洛追趕上來。我沮喪的扛著木柴，拖著千斤重的腳步；母親不知道怎樣安慰我才好，一路上只能不發一語的走在前頭。

我們走過了跟西洛一起嬉戲過的草原、山坡和溪流，只覺得映在

眼簾的彩蝶已不再那麼亮麗，野花也不那麼芳香了；因為，我已失去了西洛……

懷著沉重、灰色的心回到了家。一到柴房，我呆住了：一隻小白狗猛搖著尾巴，歡欣雀躍的奔到我面前，抬起前腳直立，演出牠得意的芭蕾舞步。

「西洛！是西洛沒錯！」我興奮的眼淚直流，母親也不住的擦拭泛紅的眼眶。我們都猜不透，西洛是怎麼回來的？而且比我們更快回到家？

牠的機智、敏捷、勇敢，贏得了全家人的讚美。從此，西洛就陪著我們一起度過貧苦、卻樂趣無窮的童年。

想一想

阿桐家裡為什麼不能養小狗西洛？

西洛是如何獲得全家人的歡心，而成為這個家的一分子呢？

你喜歡小狗、小貓之類的小動物嗎？如果喜歡，牠們為你帶來怎樣的快樂呢？

一路艱辛買書去

有一年暑假，五年級的我和三年級的弟弟，把彼此存下的零用錢掏出來算一算，相視著會心一笑：「好極了！夠買一本《少年俱樂部》（就像是現在的《少年快報》一樣的漫畫雜誌）！」

放假前，我們在台北表哥家，看了一本又一本很有趣的書——

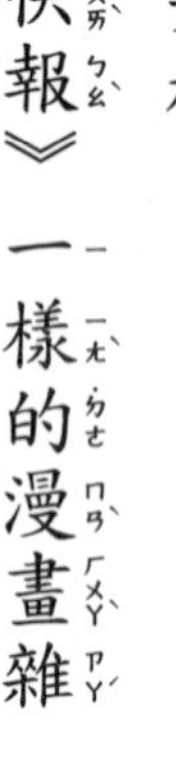

日本講談社出版的月刊《少年俱樂部》，每一期、每一個故事、每一頁都扣人心弦；尤其是連載漫畫「冒險南吉」，更把我們兄弟倆迷住

了。

在日據時代，不管是日本或台灣的小學生，都普遍閱讀這份雜誌；可是，在我們鄉下卻是十分稀罕——不要說賣雜誌的書店，連一家像樣的文具店都沒有。

當時，我把幾個硬幣裝進口袋，帶著弟弟，頂著午後的豔陽，向五公里外的鶯歌出發；抄捷徑，穿過竹林，繞過池塘，踩過小橋，路程便已趕了一半。腳力沒問題，只

是兄弟倆都渴得發慌。

這時，看見標著價錢的冰攤子；摸摸口袋，除了書款以外，應該還可以買一支冰棒。我不由得靠近攤子邊，掏出錢來，數好書款裝回口袋，剩下的一枚銅幣便買了一支冰棒。

弟弟在一旁吞著口水；我先把冰棒放在嘴裡吸了兩口，然後遞給弟弟說：「用吸的！不准咬，吸兩口！」

弟弟使盡力氣，猛吸了兩口後又交給我；像這樣邊走邊交替的吸了三四回，冰棒已沒甜味，最後只剩光禿禿的竹片。

到了鶯歌橋頭那家書店，想買的《少年俱樂部》正高高懸掛在店頭；鮮明生動的封面，立刻吸住了我們的視線，我立刻掏錢向老闆

買。五十出頭模樣的老闆，數一數錢幣說：「還少拾錢！」

我詫異的愣住了，過了好半晌才開口說：「照定價不是夠了嗎？」

老闆說：「這本書是從日本寄來的，要加郵資。」

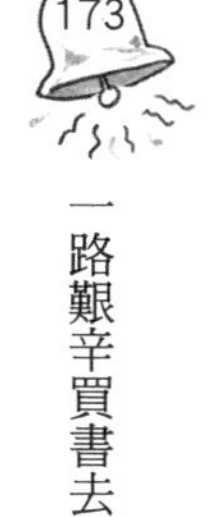

拾錢，恰好是那隻冰棒的錢。弟弟哭喪著臉說：「哥哥！不要買冰棒就好了！」

「吃都已經吃了！」我又懊惱又痛苦，一時之間不知所措。

「嗚！嗚！嗚……」弟弟竟然開始放聲哭了起來。在眾目睽睽之下，我難為情的要拉著弟弟離開；可是，弟弟卻蹲下來哭得更大聲了。

其實，我自己也眼眶濕濕、鼻頭酸酸的。頂著大太陽走了五公里路，為的就是要買到趣味盎然的書，跟「冒險南吉」為伴；可是，就因為嘴饞，一切都落空了！愈想愈傷心，再也擋不住淚水奪眶而出

了！

老闆看到我們這個樣子，驚訝的問：「喂！你們這兩個孩子怎麼了？」

弟弟一邊哭、一邊斷斷續續的說：「我們要買《少年俱樂部》，可是少了郵資的拾錢……」我也跟著點點頭。

老闆哈哈大笑說：「原來如此！你們早說不就好了！好吧，這次郵資就免了啦！」說罷，便笑嘻嘻的取下

書遞給我。

「謝謝老板！」兄弟倆歡欣鼓舞，邊走邊看「冒險南吉」回家；還好，當時一路上都沒車子經過。

想一想

小朋友，你的書籍或文具是誰給你的呢？是不是爸爸媽媽辛苦賺錢買給你的？你會不會好好珍惜你的東西呢？

你有沒有自己存錢買東西的經驗？當你終於買到自己想要的東西時，心情如何呢？

一櫥子書的回憶

我跟弟弟都很喜歡讀書。有一天，那個原先堆置一些小飾品的書櫥，忽然滿滿的擺上了一套全新的「世界文學名著選集」，看起來真是美觀大方！

我和弟弟翹首仰望，難掩興奮之情；可是，買回書的爸爸卻說：「這是給你們姑姑和叔叔的，不可以亂拿呵！」

我和弟弟只好失望的悄然走開，到庭院找出捕蟬的竹竿，往山坡的樹林走去；一路上還嘀咕著：「那一本本沒有插圖的書，有什麼好

看！」

「一定比不上『冒險南吉』！」

「更比不上孫悟空啦！」

「那當然！」

「所以爸爸才叫我們不要看！」

「那是大人看的，爸爸當然不讓我們看！」

往後的日子裡，便經常看見姑姑和叔叔，日夜捧著名著專心展讀；有時傻笑，

有時嘆氣，有時還大聲的擊掌叫好，似乎陶醉在書中的美妙世界一般。

後來，個性外向、喜歡交友的姑姑，招來了三五友伴，一起選書、讀書；叔叔也不甘寂寞，邀來中學的同窗好友，好書大家讀！

有一天，我發覺櫃子裡的書竟然剩下不到一半了！是姑姑和叔叔的友伴借走的吧？我擔心，借走的書不容易回巢，有些心慌了。早在看見姑姑、叔叔讀得如癡如狂時，

我就下定決心，要找個機會偷看那些書的；如今，令姑姑、叔叔入迷的神奇之書，竟然一本本的消失，讓我再也顧不得選擇時機了。

姑姑、叔叔在看，親朋好友也在看，書櫃像是成了大家的生活焦點；於是，我也勇敢的搶著看、偷著看。

《湯姆歷險記》、《哈克歷險記》、《三劍客》、《基度山恩仇記》、《金銀島》、《小公子》、《祕密花園》……這些故事沒有一本不令我迷得瘋狂。可是，才讀了十來本，書櫃卻已經空了；原來，姑姑、叔叔讀完了後，便把書都送給了親朋好友。

還有那麼多趣味無窮的動人故事啊！我卻無緣享受了……我內心感到好沉重，整個人變得鬱鬱寡歡。

或許是爸爸發覺我的神情有異吧？不久後，少年兒童的書就逐漸佔領了櫥櫃的空位，填滿了整個空間。

想一想

小朋友，你喜歡閱讀課外讀物嗎？你覺得閱讀有什麼樂趣呢？

挑一本故事書，想像自己是裡面的主人翁，讀起來會不會更有趣呢？

一張特別的獎狀

每年一度的公教人員運動會，全桃園縣小學校長都要組隊參加以鄉鎮為單位的接力賽跑。我所屬的八德鄉，在那段時間裡很難組成像樣的隊伍，老的老、弱的弱，每次都輸得很難看。

那一年，勉強拉出四個人組隊，我

算是年輕的熟年族，就排在最後一棒挑起一決勝負的大任。可是，起跑的槍聲一響，第一棒明顯落後，第二棒又拉長了距離；等第三棒交給我時，別組的第四棒已經跑完全程，終點裁判也以為比賽結束了。

手持接力棒的我，尷尬之情難以言狀，卻沒有人注意到我。校長同僚在一旁說：「不用跑了，反正是最後

一名；而且，誰看著你！」

同僚說的雖然有理，不過，就這樣不了了之，我卻感覺於心有愧。就因為沒有人注目，所以我決定孤單卻自在的跑完全程；不為了什麼，只想對自己有個交代。

我緊握接力棒，抱著平常心，全力全速的跑，直到終點；有個裁判突然發現還有人在跑，竟然特別大動作的高舉信號槍——「砰！」的一聲，鄭重表示比賽正式結束，當場引起一陣驚奇和嘻笑。

隔天上班，發現辦公桌上放著一封信；看那稚氣的字跡，推想應該是低年級的孩子給我的。拆開一看——啊！好別致！信箋上寫著夾雜注音的話語，還附著一張手繪的獎狀。

獎狀

校長參加運動會，剩下一個人，也跑到終點，精神可嘉，畫一張獎狀表示敬佩。

一年級學生邱欽德

中華民國八十一年十月二十六日

是學生給校長的獎狀呢！大人原本就應該多向兒童學習的，所以這獎狀只是格外特別，並不是怪異，更不是無禮！我不由得綻露出欣慰的微笑。再看信箋，寫得好認真呵！

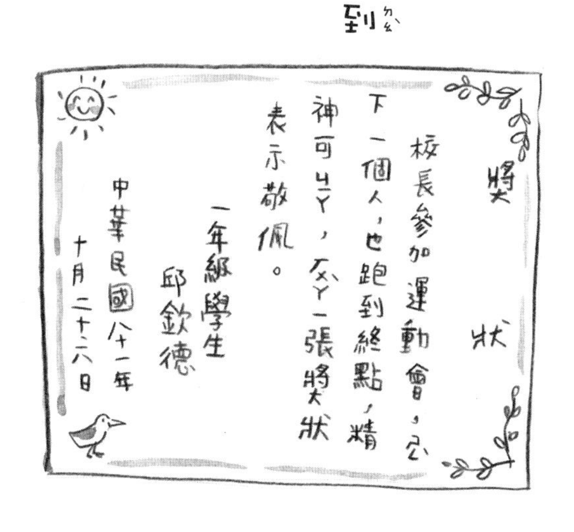
獎　狀

校長參加運動會，乞
下一個人，也跑到終點，精
神可ㄐㄧㄚ，ㄏㄨㄚ一張獎狀
表示敬佩。

一年級學生
邱欽德
中華民國八十一年
十月二十六日

校長！昨天我跟媽媽看公教運動會去，安安靜靜的坐在觀眾席上。呀！校長脫下外套綁緊鞋帶要賽跑了！您年紀那麼大，跑起來一定很辛苦！我不禁為您擔心。當您接到棒子，已注定最後一名，我以為您不跑了，可以輕鬆了，又沒有人會罵您！可是您卻那麼認真的一路衝刺，沒有掌聲，您還是堅持跑到終點。

這時候我想起了您曾經在台上說過：「堅持到底的精神是很偉大的！」您說到做到，我很佩服您！所以很用心的作成一張獎狀，不知道您喜不喜歡？

真是太令人感動了！我找到了這孩子的班級，悄悄的送他一本童

話書，還附上一張卡片：

欽德：謝謝你給校長的「獎狀」，真難得！這是校長這一生所得到最特別、最有意義的獎狀了。我看見了一個懂得「觀察」事物、也會「思考」事情的好孩子；校長有這樣的學生，好有成就感呢！尤其是我在台上講的話，你竟然聽得那麼清楚，讓校長好感動呵！

事隔多年，獎狀和信箋都已泛黃、破舊而散失，但這一切印象卻清晰的深烙在我的心版上，是分溫馨及感恩的記憶。

對於這位堅持跑完全程的校長，你有什麼感覺呢？

對於這個給校長獎狀的孩子，你覺得如何呢？

試試看：送一張獎狀給你最喜歡的老師或爸媽吧！要寫清楚你頒獎的原因呵！

一紙信箋

自從當小學校長後，就有個綽號一直跟隨著我——說故事的校長。

剛開始站上教壇，為了引起學生上課的興致，經常穿插故事，使氣氛輕鬆愉快；看著小朋友專注陶醉的神情，我自然而然的上了說故事的癮。當上了校長，還時常找代課的機會，甚至全校安排「校長說故事時間」，到班上跟小朋友共享故事的樂趣。

想不到，「說故事」、「寫故事」竟然成了我的「專長」，許多

朋友都知道，我除了是小學校長外，還是個小有名氣的「兒童文學家」。還好，這「專長」不會鑽到職務外，而且研究的還是當老師必備的伎倆，師範院校也都設有「兒童文學課程」培養這種教學法呢！

退休後，母校新竹師院的教授來電，要我為學弟妹們上兒童文學的課程。回憶起來，自己跟兒童文學的緣分還滿深厚的；於是，我懷著薪傳的心情，欣然接受。

師院給每位教授設有個別的信箱；陌生如我，信箱也總是塞得滿滿的，大都是公文或是出版社的圖書目錄和廣告單等，沒什麼特殊。

可是，某年教師節前夕，我在信箱裡看到了一張製作得精緻可愛的卡片，封面有四個圓潤的美術字——「甜言蜜語」，觸動了我好奇的心。打開一看，十分驚訝，不由得撩起了一段久遠而甜蜜的回憶。那一紙卡片，原來是我當小學校長時的學生、如今已是師院四年級的女生寫的：

傅老師：

當我讀國小時，有位校長令我至今難忘。他總是和藹可親的和小朋友打招呼，還鼓勵小朋友寫童詩。

畢業典禮頒校長獎時，司儀請得獎小朋友的家長站在小朋友後面一起合照；但是，只有我後面是空的……突然，校長笑容滿面的站到了我後面。當時，本來不知所措得想掉眼淚的我，成了台上最驕傲的小朋友！

那位校長，就是您！

在瑞豐國小的六年日子裡，受了校長的影響，讓我毅然決然走上成為小學老師的路！

就要畢業了；我想，我會永遠記得，一位老師的一言一行，對任何小朋友造成的影響有多麼大，藉以激勵自己在未來的教師生涯中不斷成長！

傅校長　謝謝您

語文教育學系全體同學賀

學生○○○代表　民國八十八年九月

看著秀麗的筆跡，回想起在桃園縣瑞豐國小的那些日子。那兒是個新興的社區，居民中有從南台灣來討生活的人、有來自山地的原住民、有來自窮鄉僻壤的遷居者、還有當地的有錢地主，是個小型的「M型社會」。在那裡，我時常警惕自己：要心存「有教無類」的平等觀，面對來自不同家境的孩子們。

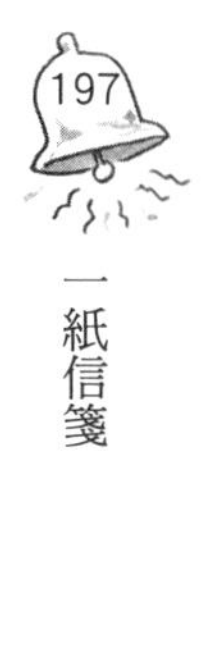

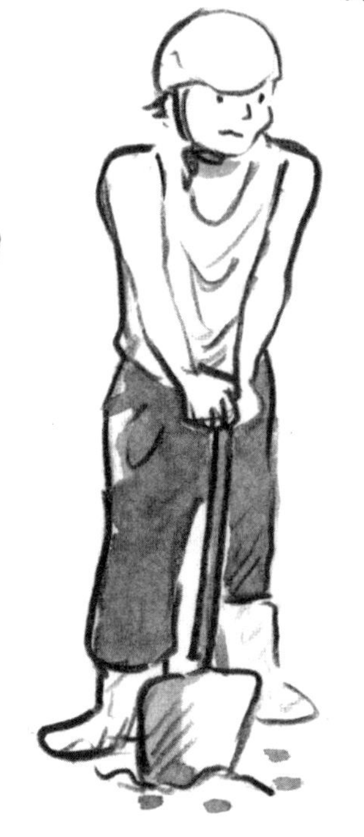

或許還是對弱者較為同情吧！那年的畢業典禮，驀然發現一個領校長獎的單親女孩，悲傷的眼神困惑畏縮的看著前方。我很自責，懊悔這合照的設計是否得宜？是不是應該更慎重其事？然而，我當時的第一個念頭，是化身為她慈祥的父親……

事隔多年，當時的懊悔已經平淡，卻並未忘懷！如今，一紙短短的信箋，帶領我回到當時的心境，品嘗到的卻是「甜言蜜語」，覺得感激的應該是我啊！我深信，杏壇上將再增添一位真誠關愛兒童的良師。

想一想

曾經是校長的作者，為什麼會感激那位小朋友？

你如果只有爸爸或媽媽，會覺得遺憾嗎？或是覺得受到的關愛已經足夠？你會如何感恩你的爸爸或媽媽呢？

第三輯

感人的鄉里軼事

山豬谷獵熊

爸爸在山豬谷種了很多香菇；那兒離我們的住家烏肚窟，大約要走上半天多；因此，爸爸到香菇寮工作，總是隔一天才回來。

爸爸回來時，常常背著大包的香菇；可是，讓我興奮的是，他有時會帶回我喜愛的小動物，像是松鼠、貓頭鷹、野兔等，還有說不完的山豬、野猴、大熊等動物故事。

我最大的願望便是跟爸爸到山豬谷，看看松鼠是怎樣在樹林間竄走？野兔是怎樣在山坡跳躍……可是，爸爸總是說我還小，腳力不

夠，走不了又陡又遠的山路。每當我吵著要跟爸爸去的時候，媽媽更是生氣的罵我不懂事、妨礙大人工作。

可是，我今年已經八歲了，要不是住在內山，也該上學了。有一天，我堅持要跟爸爸上山，媽媽又板著臉說：「不知好歹的孩子，就會吵吵鬧鬧！」

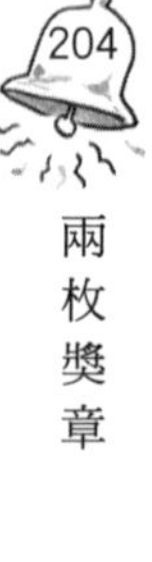

我說：「媽，我可以走很遠啦！你不是說，我們內山人要不是有一雙了不起的腳，就做不了事、讀不了書嗎？我要是上不了山豬谷，也就去不了溪谷那邊的學校了。」

爸爸在一旁聽著，高興的露出微笑說：「好！阿祥，我帶你上山！那麼，暑假過後就要乖乖的天天走路上學喲！」

「萬歲！爸爸，謝謝您！」我開心的抱住爸爸。

太陽剛從峰頂露出，我們已經踏進桂竹林了。爸爸指著雲霧飄渺的遠方山谷說：「山豬谷就在那兒。」

我們一直趕路，總算在天黑前趕到過夜的菇寮。圓月高掛天空，

山谷裡卻暗得伸手不見五指；而且有一些夜行動物，發出奇怪、恐怖的叫聲。我緊靠在爸爸身邊，害怕得顫抖。

爸爸說：「不用怕！只要點著燈，野獸就不敢來了。現在爸爸教你聽聽鳥獸的叫聲吧！『咕嚕！咕嚕！』的是貓頭鷹，『嘎！

嘎！』的是夜鷹；沙沙飛翔的是蝙蝠，遠遠吠叫的是山狗……」

爸爸說到這兒，好像發覺有些狀況，緊張的站起來側耳靜聽。「哞吼！哞吼！」在嘈雜的鳥獸聲中，夾著低沉有力的吼聲，好像讓漆黑的空氣都震盪起來了。爸爸把油燈的芯往上轉，加大火舌，緊緊的握住床頭的獵槍。

「是一隻大熊！這把新式獵槍剛好派上用場。等獵殺大熊後，賣了熊掌、熊膽、熊皮，我們就有足夠的錢買下鎮上

的店鋪；搬到鎮上住，你就不必做內山囝仔了。」爸爸興奮的檢查槍枝、槍彈，又做了一下瞄準的動作，準備出去獵捕大熊。

「爸，我要跟您去！」我怕爸爸叫我留在寮仔裡。

爸爸遲疑了一下：「好吧！緊跟著我，不能出聲呵！」

我們從下風處摸上了山頭，遠遠的便看見黑色的龐然大物，像粗壯的武士一般，雄糾糾的邁著震撼山崗的腳步，在被月光照成銀白色的草地上移動，逐漸向我們靠近。我和爸爸一起爬上身邊的大樹，躲在茂密的枝葉裡，屏住氣息等待大熊過來。

大熊的形體愈來愈清晰；距我們大概二十多公尺時，大熊突然停了下來，用後腳站起，望著天空。爸爸眼看機會來了，端起槍瞄

準，就要扣下扳機！我也緊握拳頭，等待著「砰！」的槍聲響起。

可是，不知道為什麼，爸爸突然放下了槍；大熊也放下前腳，轉身鑽入樹林，一會兒就不見了。爸爸吐了口氣說：「阿祥，我們回寮仔去。」

我們默默的回到菇寮，我才按捺不住的問：「爸爸，剛才您為什麼不開槍？」

「因為那隻母熊挺著大肚子、懷著小熊啊！」

「可是，沒有熊皮、熊掌、熊膽，我們就買不起鎮上的店鋪嘍！」

「是啊！那麼，你覺得應該殺熊籌錢，還是應該放過懷孕的母熊？」

我想像著母熊及肚裡的小熊中槍的樣子，肯定的說：「應該放過母熊！」

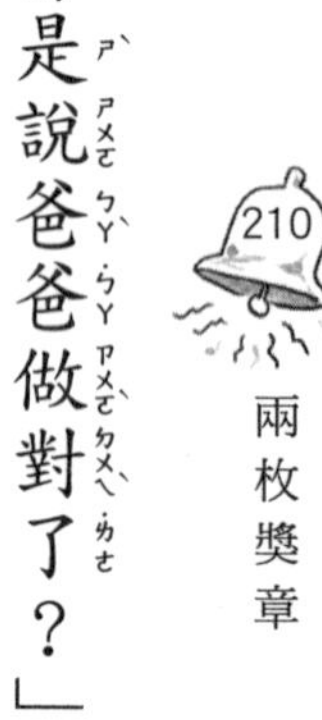

「你是說爸爸做對了？」

「是啊！」

我和爸爸都放聲大笑，笑聲迴盪在闃黑的山谷裡，為寮仔周遭帶來溫馨的氣息，就連燈火也明亮了起來。

阿祥的爸爸為什麼放過了獵取大熊的機會？

如果是你，你會希望爸爸獵熊賺錢，還是放過懷孕的母熊呢？為什麼？

鬼火

土牛坡是牧童們最熟悉的地方，大夥兒都在這兒放牛。

他們時常看見村子裡的忙人——紅頭道士阿瑞，背著他的法器包匆匆走過。

「咦？阿瑞又要去替人家趕鬼了！」

「他的生意真不錯啊！」

「阿德伯每隔幾天就要請他吹吹龍角趕鬼，要不然就怕得睡不著！」

「我家隔壁的小弟弟，這幾天一直冒冷汗，也請他去收驚，送的紅包還不小呢！」

「可憐的是阿發嫂，聽說中了邪，要吃阿瑞的香灰，那紅包才大呢！」

牧童們談起紅頭道士阿瑞，就有一大籮筐故事；牧童們知道，阿瑞的

膽子大，深夜單獨走過這黑漆漆的土牛坡，是很平常的事。正說得熱絡時，阿瑞的鄰居阿木突然壓低聲音說：「我告訴你們一個祕密！」阿木神祕兮兮的左右看看，確定沒有外人後才放心的說：「有一天傍晚，我看見阿瑞正在做奇怪的事耶！」

「怎麼怪法？」牧童們鴉雀無聲，聚精會神的聽著。

「那天晚上，我走到屋後的菜

園，看見阿瑞穿著道士服、戴著道士帽，不知在他家後院做什麼。我躲在籬笆下偷看；只見阿瑞念念有詞，一手拿著銀紙，一手握著木劍，向前幾步、後退幾步，不知在做什麼法術？」

阿木吞了口水接著說：「後來，他打開一個黑色的木箱，拿出好多紙人，用手指夾著，不斷的說：『紅鬼！青鬼！大鬼！小鬼！無頭鬼！大頭鬼！通通聽我的命令，快快出去找人！捉弄他、嚇唬他、給他害病、給他驚慌！去！去！去！』然後，阿瑞就揮揮劍，把紙鬼燒了，再一口氣吹散。」

阿木說到這兒，臉色都發青了，再也說不出話；倒是其他牧童嘰哩呱啦的談論起來。

「阿瑞好可惡！怎麼可以叫鬼去害人！」

「這樣他才有生意啊！」

「我要把這件事告訴大人！」阿彬忿忿不平的說。

阿木慌忙阻止：「不！不要！這樣的話，阿瑞放出來的鬼會來找我們！」

「阿瑞的鬼很厲害呵！我們還是不要說的好！」膽小的阿明還在發抖呢！

談起了鬼，微風忽然淒涼了起來，太陽也變得黯淡；黃昏的樹林總是暗得特別快，大家不約而

同的牽起自己的牛準備回家。

就在這時候，從山坡的小平台那兒，像個蒙古包似的「木炭窯」裡傳出了「哈哈！哈哈！」的大笑聲。

「糟了！有人聽到我們的話！」阿木立刻過去探個究竟。原來，是燒木炭的阿清叔，自個兒躺在窯邊的草堆，悠然的抽煙呢！

阿清叔的神色看起來沒有什麼不對，阿木便放心的離開了。

一個星期後，當牧童們牽著牛來到土牛坡，阿木又帶來驚人的消息。他興奮的說：「阿瑞遇到了鬼呢！就在這土牛坡！」話才說完，

牧童們突然覺得毛骨悚然，連忙看了看四周。

阿木接著說：「那是個漆黑的深夜，天上一顆星都沒有；阿瑞作完法回來，像往常一樣大剌剌的走著。來到陰暗的轉角時，突然發現前方樹叢有盞閃著青光的燈。

「阿瑞大聲說：『何方鬼物？快閃開！免得我念驅鬼咒嚇壞了你！』可是，阿瑞什麼咒都念了，喊

得聲嘶力竭，那盞燈還是一上一下的晃動著。

「阿瑞嚇出了一身冷汗，一手拿劍、一手拿龍角，使出最後的法術，邊吹邊揮劍，一步一步逼向前；想不到，青燈晃得更厲害了，好像在說：『有膽你過來啊！』阿瑞只好不顧一切的衝了過去，然後頭也不回的逃跑，只聽到背後傳來一陣狂笑！」

「後來呢？」牧童們追問。

「阿瑞跑回家後，立刻鑽進被裡直發抖，就這樣病了好幾天出不了門。」

牧童們聽了這消息，更害怕土牛坡的陰暗荒涼；可是，看到阿清叔仍然自個兒住在木炭窯邊悠

哉抽煙，膽子也就壯了許多。

有一天，牧童們偶然發現，阿清叔在窯旁的草叢，手裡拿著一個玻璃瓶，把滿瓶螢火蟲放生。於是，大夥兒若有所悟，彼此交換著會心的微笑。

想一想

小牧童們最後悟到了什麼呢？

你相信有鬼嗎？ 你覺得鬼是什麼樣子呢？ 你怎麼知道有鬼呢？

河神海棠

大漢溪旁有個寧靜的小農村，有個農家擁有溪邊的大片田地；更教人羨慕的是，他們有個終年不知勞累、與牛為伴的長工——海棠。

海棠已經二十出頭，卻稚氣未消，一空閒就會幫孩子們做些小玩意兒，所以孩子們跟海棠都十分親近；不過，總覺得他是個謎樣的人物。

炎炎夏日，大漢溪的清涼誘惑著孩子們來到溪邊戲水。水鄉的孩

子哪個不是浪裡蛟龍！可是，剛從城裡到外婆家玩的國棟，卻是隻旱鴨子，只能蹲在岸邊露出羨慕的眼光。

「國棟！下來！好涼呵！」春吉從溪水裡露出頭，大聲說著。

炙熱的太陽晒得國棟汗水直流，真想痛快的跳進河裡涼快一下！

「國棟！這裡水很淺，你看我還可以站著！」喜歡惡作劇的春吉，用立泳騙人；其實，他游的地方深可沒頂。國棟被太

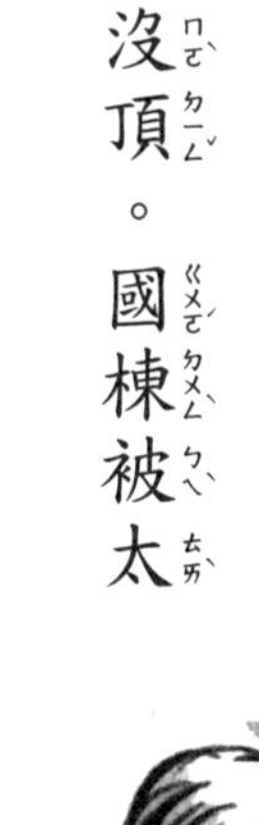

陽晒昏了頭，竟糊里糊塗的踩入河裡。

「哎喲！救命啊！」國棟大喊一聲，便像石子般沉入水中。春吉急忙邊呼救邊游過去救人；可是，春吉畢竟還小，哪有能耐！於是，兩個孩子就在水中互相搭著，一沉一浮，緊張的求救！

「快上來！快爬上來！」孩子們聚集在岸邊呼喊，誰都不敢下水，個個面色鐵青，希望有大人經過。千呼萬喚後，海棠終於出現了！

綽號「河神」的海棠，毫不猶豫的立刻跳進河裡救人；經過一番折騰，把兩個溺水的孩子救上岸後，海棠就默默的抖掉身上的水，然

後牽著他的牛消失在草叢，好像什麼事都沒發生過。

國棟驚魂未定，望著海棠遠離，感歎著說：「我還沒對他說聲謝謝呢！」

「沒關係啦！不用說了，海棠不在乎，他已經救人無數了！」

「河神真了不起！」

「不過，海棠說他的媽媽才是真正的河

神！」幾個孩子不約而同的說。

那天晚上，國棟陪著奶奶在院子裡乘涼，當奶奶要講故事時，他撒嬌的說：「奶奶，今天跟我說海棠的故事好嗎？為什麼大家說他是河神，而海棠自己卻說他媽媽才是真的河神？」

奶奶仰望著朦朧的月色，嘆了口氣說：「海棠的爸爸叫做木生，

他家本來住在大漢溪沖積而成的沙洲上；一家人在那兒住了三代，一向平安無事。可是，有一天晚上山洪爆發，海棠的家被無情的洪水沖走了。

「等到天亮，大家才知道災情。正在岸邊嘆氣的時候，阿清叔突然看見有個東西在渾濁的大水中浮沉，他喊著：『咦，那是什麼？』

「大家順著阿清指的方向屏息凝望，才漸漸看清楚，竟是木生嫂抱著木桶在濁流中掙扎。

「幾個男人找來繩索，由勇敢壯碩的啟明拿到河中浮出的岩石上，大聲喊叫：『木生嫂！我拋繩子過去

了！你要牢牢的抓住呵！』

「繩子不偏不倚的落在木生嫂頭上，木生很快的抓住；但是，她卻忙著把繩子捆繞在木桶上。

「任憑岸上的人怎麼呼喊，她都不肯丟掉木桶，自個兒上岸。

「那個木桶可能裝著木生家的寶物吧！唉！『鳥為食亡，人

為財死』，木生嫂真是要財不要命啊！

「正當大家為木生嫂的愚行感慨的時候，忽然來了一陣大浪，無情的沖走了疲憊無力的木生嫂；不過，她死命守護的木桶已牢牢捆在繩端了。

「木桶拖上岸後，啟明嘆息說：『可憐的木生嫂，寧願死都不肯丟掉這個木桶。到底是什麼寶貝，值得她拚了老命保護呢？』

「大家好奇的圍了過來，啟明小心翼翼的把桶蓋掀開，咦……大家看得目瞪口

呆：出現在眼前的並不是金銀財寶，也不是什麼希奇的東西，而是木生嫂的獨生子海棠啊！」

這就是海棠的悲慘身世。後來，海棠成了人家的長工；沒事時，他就守在大漢溪畔，多年來已救助了許多不慎落水的人。每當颱風來襲、洪流滾滾時，他更會忍不住大喊：「媽媽！我來救您了！我來了……」可是，他始終沒救上媽媽。

人家告訴他：「你媽媽已經變成河神了，你就是來幫河神救人的啦！」其實，村裡的孩子們都認為海棠才是真正的河神。

想一想

孩子們為什麼喜歡海棠？

海棠的母親為什麼要將繩子綁在木桶上，而不顧自己的性命呢？

你都在什麼地方游泳或玩水呢？要如何注意生命安全？

牛背山驚魂記

小山村的十幾戶人家，平日靠耕田、種菜過日；不過，許多人也上山找蘭花，想藉此發筆小財。上山有捷徑，就是爬過陡峭光溜的牛背山；如果怕危險而繞遠路，路程就要耗掉半天。

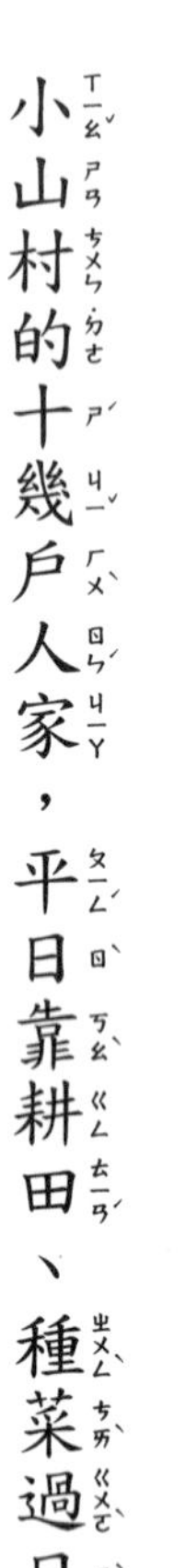

阿宏年紀雖小；可是，每當他看到大人們背著簍籃、空手赤腳攀上高聳入雲的牛背山的情景時，總是興奮的高聲歡呼。

牛背山是大人的捷徑，也是頑童們比身手、比膽量的「競技

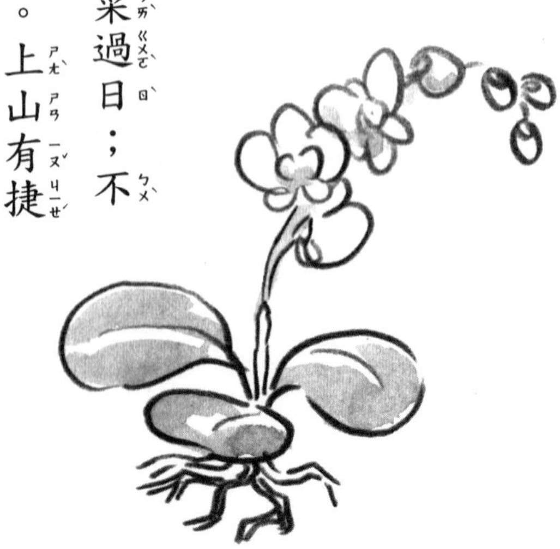

場」。

那些大膽比試的孩子，最討厭年紀小得連當跟屁蟲都不夠格的阿宏。每當他們攀爬牛背山時，總是躲著阿宏；萬一被跟上了，就一路連勸帶罵、又哄又騙要他回去。可是，越是被哄騙、勸退，阿宏的好奇心就愈強烈。

阿宏自言自語：「哼！我跟定了！你們會爬，我就不會嗎？我也要比試！」

那一天，阿宏跟定了阿山。起初阿山覺得討厭，後來一想：「這個小傢伙，不給他一點兒苦頭吃，不懂別人的好意；乾脆就讓他上得了、下不來，以後就不敢跟了！」

阿山敏捷矯健，輕巧的踏著大人留下的腳印，一下子就爬了好幾公尺高；然後回頭對山下瞪大眼睛看著的阿宏說：「很好爬呢！這裡看得見好遠好遠的大街上，好漂亮！」

阿宏問：「真的好爬嗎？」

「騙你幹嘛！」

「那我上去嘍！」阿宏好奇的爬了一步又一步，真的沒有想像中那麼困難耶！

不一會兒，爬到了第一個休憩點，也就是稍微平坦的岩石，但也得把胸部貼著，小心翼翼的回頭看風景。呀！平時看不見的風光盡收眼底了！

阿山在更高的地方慫恿著：「快上來！可以看見長長的火車呵！還可以看到藍藍的大海呢！」

阿宏再往上爬，眼界果然更加開闊了；只是，腳底開始發麻，雙腳有些顫抖。不過，憧憬著看火車、看大海的他，又往上爬了幾步。

「不行了！救命啊！」阿宏覺得頭暈目眩了。已經爬上山的阿山沒辦法救他，只好跑到阿宏家的菜園，大喊：「阿宏的媽媽！阿宏懸在牛背了！」

正在鋤草的媽媽一驚，腳趾踢到鋤頭而流血了；她顧不得疼痛，飛也似的奔到牛背山下。

「阿宏，你好勇敢呵！你上得去，一定下得來。先做個深呼吸。」媽媽強忍著惶恐、鎮定的說，不像平時緊張兮兮的媽媽。

阿山也跟著回來，大喊：「阿宏，你的腳抖得像在敲牆壁，那怎麼行呢！」

媽媽小聲卻嚴厲的說：「阿山，閉嘴！」

阿山看見阿宏的媽媽生他的氣，再也不敢逗留，畏畏縮縮的離開了。

「好！右腳往下移動，那兒有個洞，先踩好……對了！左手摸向下面突出的石頭，抓緊了再移動左腳。」

「阿宏，你做得好！現在可以換右腳了。」

這時，鄰居的阿婆經過，大驚小怪的喊：「哎喲！是哪個調皮鬼？怎麼爬上會摔死人的牛背！」

媽媽趕緊向阿婆說：「阿婆，您好心點兒，不要嚷了。我的兒子很勇敢呢！」

阿婆看到媽媽那認真的模樣，就悄悄的走了。

「對！那裡比較平坦，休息一下再下來。」

阿宏一身冷汗，心跳得好厲害；但是，有媽媽的指引，讓他感到安心。他小心翼翼的往下移，終於到達媽媽手伸得到的地方了；「好！踩在媽媽手上！」

「哇！媽！我好怕！」阿宏跳進媽媽懷裡，淚水馬上奪眶而出。

「阿宏，以後不要再讓媽媽擔心了，好不好？」

阿宏看到媽媽蒼白的臉，還有流血不止的腳趾，啜泣的說：「媽

媽，對不起！我會等長大以後再爬牛背山。」

「嗯！這才是媽媽的好孩子。」媽媽緊抱著阿宏小小的身子。

阿宏的行為哪裡錯了呢？你會怎麼勸告他？

阿宏的媽媽為什麼要那麼鎮定？還要阿山及阿婆別大聲喊叫？

好事做到底的女孩

因為爸爸調職的緣故，秀珠一家人剛搬到一個小鎮上。

讀夜校半工半讀的秀珠，有空時便幫媽媽到市場買菜。小鎮裡的市場不會很混雜；日子一久，買賣雙方就都熟識了。

有一天，秀珠在市場裡看到一個傴僂的老婆婆，蹣跚的走到肉販老李攤位前，伸出了乾癟的手說：「可憐我老人家，給我一點吃的好嗎？」

一向笑口常開的老李，竟然板起面孔裝做沒看見！老婆婆又走到

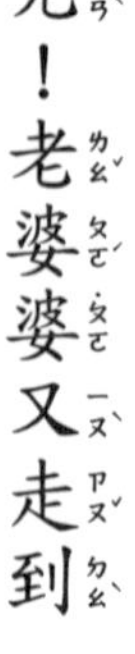

魚攤前，向老王乞討，老王只是默默的轉身走開。後來，賣豆腐的阿清總算塞幾塊油炸豆腐打發她走。

「多可憐啊！」秀珠心想，「大家為什麼不肯幫幫她呢？」

秀珠匆匆買了菜，悄悄尾隨老婆婆到一條小巷裡，看她進了一戶高大、古老、卻十分破舊的房屋；厚實的門檻，意味房屋的主人從前必定相當富裕。

秀珠輕輕的敲門：「老婆婆，

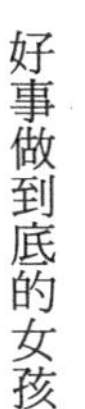

請開門，我是來看您的。」

門開了，老婆婆露出驚訝的神情望著秀珠說：「妳為什麼來看我？」

「給您送些吃的東西！」說罷，秀珠把自己買的魚丸、豬肉分一些給老婆婆。

「妳真乖，保佑妳平安嫁好尪啊！」

看到老婆婆那感動又歡喜的神情，秀珠也覺得好開心。

在回家路上，秀珠想著：「就用自己的零用錢，天天買些吃的送給那位可憐的老婆婆吧！」

可是，零用錢很快就花光了，秀珠只好硬著頭皮向爸媽求助。沒

想到，爸媽很贊許她的善行，不但出錢讓秀珠買吃的，偶爾也會上門探望老人家。

奇怪的是，巷子裡的人都在秀珠背後竊竊私語，而且投以不懷善意的眼神，讓她覺得很納悶。

有一天，秀珠買肉時，賣肉的老李笑著說：「小姐，我應該賣你貴一點，因為妳有錢沒地方花呀！」

秀珠雖然知道老李話中帶刺，還是心平氣和的反

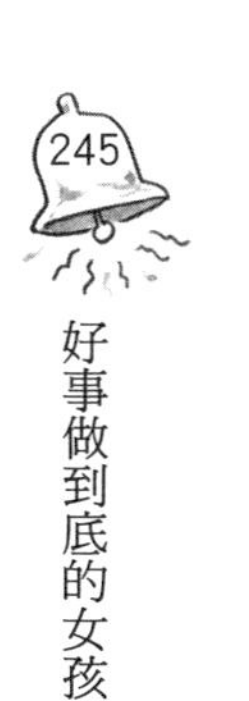

問：「為什麼呢？」

這時，附近的幾個小販不約而同的哈哈大笑；秀珠又迷惑又尷尬，還有些氣憤：「我從前看錯他們了！原來，他們這樣缺乏同情心！」

當秀珠走出市場大門時，鄰居陳太太匆匆走到她身邊說：「秀珠，你聽我的勸告，不要再去理會那老太婆了！」

「陳媽媽，這是怎麼回事呢？」

陳太太說：「秀珠啊，你們家才剛搬到這裡，也不怪你們不知道這些事。那老太婆是自作自受啦！她年輕時是這一帶最有錢的人，卻吝嗇得出名。那時，大家在戰火中挨餓，她卻故意每天在門前吃白米飯及大魚大肉。有一次，鄰居婦女生產，母女都營養不良，餓得病倒了；做母親的向她討一碗飯，卻被她罵著趕出來。受她譏笑、奚落的人太多了，所以現在誰都不願理她呢！」

秀珠說：「不過，她現在很可憐啊！」

「妳說她可憐？妳家的財產還不一定比她多呢！她那幢破房子，去年有人出高價要買她還不肯放手，一心想要留給在南洋失蹤的

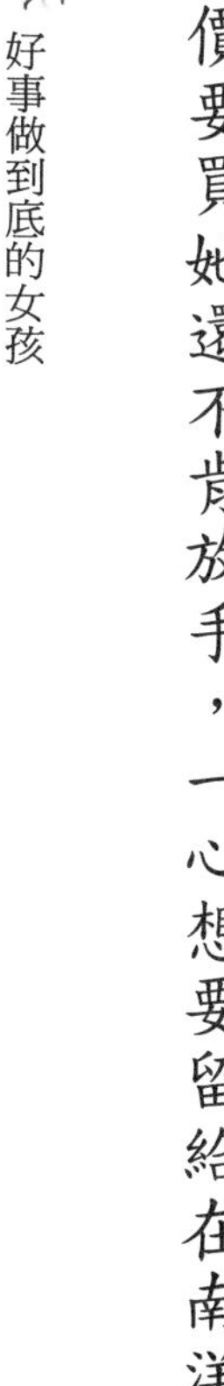

兒子。」

陳太太又說：「最近連妳爸媽也常去關懷她，好多人便說妳們準是看上了老太婆的財產。因為，老婆婆的兒子應該是不會回來了；只要老人臨死前說句話，她的財產就是妳們的了。」

「不！絕對不是！我爸媽並不知道她有財產，更不知道有這些曲折的事啊！」眼見爸媽名譽受損，秀珠不禁高聲辯白。

「人言可畏啊！妳們還是少管那老太婆吧！」陳太太說到這兒，就回頭往市場去了。

站在巷口的秀珠迷惑了。「唉！我怎麼辦好呢？」秀珠茫然的看著天上飄浮的雲；那灰白的雲好像老婆婆多皺的面容，充滿期待的望

著秀珠。

秀珠拿定主意，堅決的向雲朵承諾：「我一定好事做到底，繼續幫助老婆婆！」

想一想

看到路上有人乞討，你會怎麼做呢？

秀珠想幫助人，卻遭受別人誤解；如果是你，還會繼續幫嗎？

若是想要幫助真正需要幫助的人，有些慈善團體可以協助你；你知道有哪一些團體呢？

趙伯伯的春聯

趙麗生在班上名列前茅，而且又熱心助人；同學們不願做的，像是勞動服務時，要挑、挖、或是掃廁所、清水溝、抹地板等，都是他自告奮勇。所以，大家都佩服他、喜歡他。

可是，麗生卻從來沒有邀請過同學到他家玩或做功課，當然也沒有人知道他家在哪兒。

「麗生到底有什麼難言之隱呢？」同學們紛紛在背後猜測著。

「也許他家有很多古董寶物，怕我們這些搗蛋鬼不小心弄壞

吧？」

「也許他家有什麼見不得人的事情？」

「不要隨便說啦！像麗生那樣中規中矩的孩子，家庭一定很好。」班長明夷雖然為麗生辯護，但心中也不免疑惑；於是，他決定先打聽麗生家的地址，然後寒假時找個日子去拜訪。

有一天，明夷在幫老師整理學

籍資料時，知道了麗生的住址。

寒假第二天，距離春節還有一段日子，明夷迫不及待的騎著單車去找麗生。很快的，在郊外看到了路標；沿路稀稀落落的房屋，就是找不到麗生家的門牌號碼。甚至走到了鄰村，路名也不一樣了，仍然找不到。

「到底在哪兒呢？」明夷又回頭找，卻驀然發現靠溪邊有間很不起眼的竹屋，用參差不齊的竹材搭的；明夷剛剛走過時，還以為那是養鴨棚呢！但是，仔細一看，門口的春聯卻非常顯眼。

「難道那就是麗生的家？」明夷不敢相信麗生的家會那麼簡陋。

懷著姑且一試的心情，明夷來到竹屋前。稀稀疏疏的竹牆，大概擋不住冬天的寒風吧？不過，門楣的春聯字跡遒勁，還飄著一絲高雅的墨香。

竹屋紙窗多逸趣

虛心直節見清才

明夷愈看愈喜歡這對門聯，欣賞了好一會兒，才敲了敲門。

「是誰啊？」從門裡傳來麗生的聲音。

「麗生你好！」

麗生冷不防的發現不請自來的訪客，只好尷尬的招呼明夷坐在板凳上。「真不好意思，這樣簡陋的地方。」

「哪裡！門上的春聯真好！」

「是我爸爸寫的！」

「伯父是書法家？」明夷這一問，麗生卻低下頭沉默不語。這時

候，隔著一層薄木板的隔壁房間，傳來沙啞的聲音：「麗生，是誰來了？」

「是我同學。」

「扶我出去看看人家。」麗生的爸爸瘸著腿，一手搭在兒子肩上，一手扶著枴杖，一跛一拐的走出來，明夷趕緊把板凳移過去給他。

「伯父您好！」

「你好啊！除了老師以外，你是頭一位來的同學。我知道，麗生

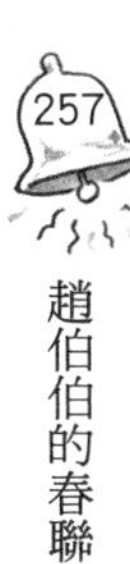

不願被同學看見這狼狽的家。唉！都怪我輕易聽信別人，被拐走了儲蓄和退休金，才落得這悲苦的日子。我的舊傷又復發，沒辦法出門工作，才會讓麗生跟著吃苦。」

明夷不知該說些什麼，只好接了句：「伯父的字寫得真好！」

「喔！從小我父親就叫我練字、寫對聯，說是祖先的文化要傳承！」

談起春聯，趙伯伯興致來了，就提筆給家裡開米店的明夷寫了一副門聯：

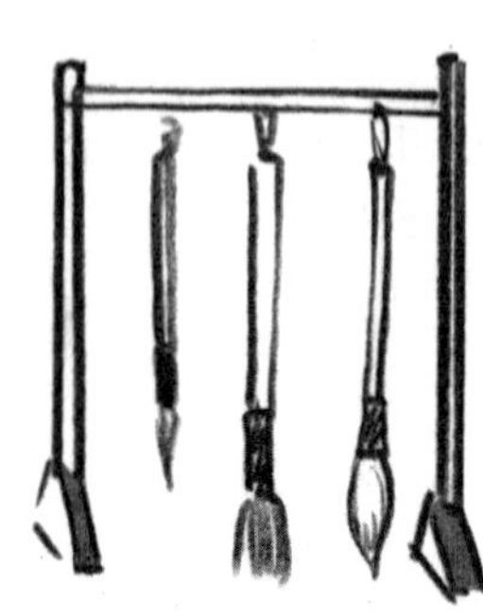

穀乃國之寶兩歧歌樂歲
民以食為天九穗兆豐年

明夷看著趙伯伯風雅秀麗的毛筆字，突然想到了一個幫助麗生家的辦法。他說：「麗生，你看你爸爸的書法多好呀！是不是可以請趙伯伯以各行各業為對象寫些春聯，放在我家店門口賣？」

明夷的提議獲得了麗生父子的贊同。於是，趙伯伯精神抖擻的提

筆，麗生陪著磨墨，寫了好多詞句字體都很美的春聯。

當明夷在店門口展出春聯時，居然供不應求；明夷乾脆請趙伯伯到他家門口設攤揮毫，求字的人還大排長龍呢！

不久後，趙伯伯走出生意失敗的陰影，憑著一手好字，開了家書畫禮品店，生活大為改善。麗生至今仍感謝明夷當日的提議，說他真是趙家的福星。

想一想

麗生的爸爸是怎樣走出貧窮及殘疾的逆境？

當班上的貧苦同學需要幫助的時候，我們可以怎麼幫助他？

當你遇到困難時，只是難過、退縮，或是會想辦法克服？你覺得哪一種態度比較好？

天公疼憨人

阿三是村子裡無人不曉的「傳奇人物」，每次考試，他幾乎都考零分，因為他只會在考卷上密密麻麻的寫滿「3」字；偶爾在選擇題的括弧裡填對了「3」，才會意外的得到一兩分。所以，阿三的存在給班級帶來很大的困擾，也因此受到老師及同學的奚落和排斥。

不過，當我擔任阿三的級任導師時，卻不知不覺的喜歡上他。其實，阿三是個很可愛的孩子。打掃及勞動服務時，正是阿三大顯身手的機會——他總是自動自發的擔當最粗重、最骯髒的工作，即使汗流

浹背，他都沒有怨言；只是，他再怎麼賣力，還是得不到掌聲。同學們仍然冷冷的說：「他都考零分，害我們班最後一名。」

在我眼裡，阿三的功勞抵得過那不算過錯的缺失；為他抱不平的心情，自然流露在我的眼神和言語間。於是，從前對老師敬而遠之的他，逐漸的處處親近我了。

放學時，我跟阿三走同一條路回家，他總是牽著我的手，喋喋不休的說一些很幼稚卻很

有趣的事情。

「老師，我幾歲了？你猜！」

「你啊！十歲了！」

「不對！我三歲！」

「誰說的？」

「我媽媽說的。她說我是三歲囝仔，不知香臭！」

阿三的話常逗得我心中暗笑；久而久之，聽他的話成為一種樂趣。或許連同學們也感染了吧，從此沒有人再奚落他了。

阿三的爸媽常說阿三「白直」——並不是「白癡」，而是說心直口也直，怎麼想就怎麼說，不懂得比喻，更不懂影射；頭腦簡單，思

想純真。

這樣的孩子難道不可愛嗎？老師和同學何必斤斤計較他的考試成績呢？有些孩子往往自視甚高，別人不小心說了一句傷害他的話，就永遠記在心頭；至於阿三，任憑你怎麼說他、笑他，過沒幾天，他就忘得一乾二淨，仍然跟你有說有笑。

心中沒有結，自己開朗爽直，也把別人看成良善的；不

會記恨，甚至不知什麼叫做恨。這樣白直的孩子，又有什麼理由計較他的書讀得怎樣呢？

阿三小學畢業後，時常找我聊天，仍然是那麼的白直無邪。有一天，他竟然挑起菜擔叫賣；一束束或一個個的賣，不必論斤秤兩，生意好像很不錯。

可是，不久後他又閒著沒事，懶懶散散的找我聊天。

「怎麼不賣菜了？」

「虧錢啊！我不會秤，大的、好的讓人家挑走，小的賣不掉。我媽媽說，天天吃賣剩的菜，吃到臉都變綠了！」

做生意我是外行，只能為阿三乾著急；因為，總有一天，他也要自立謀生啊！

或許，我的操心是多餘的。不久後，阿三又「重操舊業」，而且菜擔裡還擱著一把秤呢！我好奇的問他：「你會秤嗎？」

「會！老師你看！」阿三移動著秤錘說：「這裡十塊錢，這裡二十塊錢，這裡三十塊……」

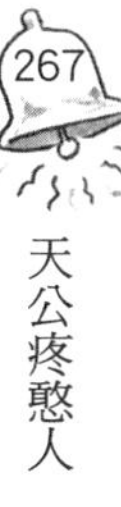

我一看，這才明白，阿三的算法原來是「捨兩取半斤」——凡是未滿半斤的全捨；例如：一斤七兩算一斤，一斤十五兩算一斤半，依此類推。

我擔心的問：「這樣會賺錢嗎？」

「我媽說菜是自己種的，只要沒有貨底就好了！」

阿三的媽媽總算教兒子踏出謀生的第一步。當別人說阿三那麼呆怎麼辦時，她的回答總是：「一枝草一點露；有心打石，石成穿！」

三十年一晃而過，當小村子蛻變成小城鎮時，阿三也蛻變成小市場裡的小果菜王。他那產銷一貫、價廉物美、從不計較斤兩的經營方

式，贏得了消費者的好口碑，使得他的攤位時常供不應求，生意越做越旺，遠遠勝過那些斤斤計較的。就像阿三的媽媽說的——「石成穿」了，這是不是「天公疼憨人」呢？

想一想

你有過阿三這樣的同學嗎？你與同學們跟他相處得如何？你會喜歡阿三這樣的同學嗎？

你是個「好孩子」嗎？成績好就是「好孩子」嗎？你覺得怎樣算是「好孩子」呢？

難忘的狩獵

兩枚獎章

十歲那年，我去內山表叔家過暑假。表叔是栽種水梨的果農。

有一天，表叔砍來一捆竹子，編製起竹籠。我問：「這是做什麼用的？」

表叔說：「捉猴子用的。只要捉住一隻，把其他猴子嚇跑，牠們就不敢再來偷吃梨子。」

第二天早晨，表叔、表嬸合力扛著竹籠上梨子山，我興奮的跟在

後頭。

到了斜坡上的果園，映入眼簾的是一片狼藉：剛成熟的渾圓梨子掉落滿地，有的啃了一半，有的啃了一口；有的腐爛了，有的是剛被摘下的。

表嬸破口大罵：

「真是凌遲人！好好的梨子被糟蹋成這樣！」

「罵也沒用！看我的！」

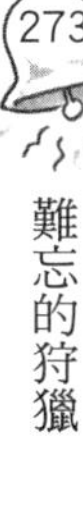

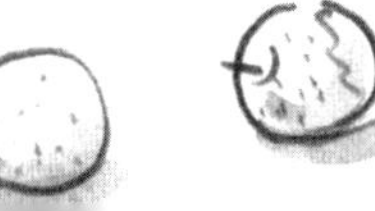

「咦，表叔要施展什麼絕招呢？」我開始瞎猜。

突然，表叔打開竹籠的門說：「阿桐，你進去！」

「這不是要捉猴子的嗎？」我不知道表叔叫我進去籠子裡作什麼。

「免驚啦！只是進去試試效果而已。」

我才一腳踩進竹籠，「啪啦！」一聲，竹門就關下了，害我嚇得差點兒哭出來。

表叔哈哈大笑的打開門說：

「效果不錯！今晚捉隻猴子給阿桐玩吧！」

把竹籠擱在梨子樹下之後，三個人便有說有笑的下山，期待著明日的收穫。

第二天一大早，我們就上山。只見竹籠依舊空空如也，梨子樹卻被摧殘得更不堪入目了！一株株梨子樹，只剩其貌不揚的幾顆梨子點綴枝頭。

表嬸深深的嘆了口氣。表

叔說：「看來，非使出最後的手段不可了！」

回到家，表叔便從柴房裡拿出一副生了鏽的捕獸夾。他早已摸清猴群侵入果園的路徑，便在路口的草叢埋下這個俗稱「剪仔」的捕獸夾。那天午後，我和表叔悄悄守在梨子山對面的林子，監看梨園的動靜。

傍晚時分，從茂密的山林裡傳來吱吱叫聲；只見一隻母猴走了出來，後面跟著三隻小猴，向埋設「剪仔」的地方走來。母猴在草叢前遲疑了一下，然

後繞了個圈平安的通過了；後面的兩隻小猴也跟著繞過去。但是，最後的那隻小猴似乎是個調皮鬼，東蹦西跳；忽然「啪！」一聲，隨之而起的是調皮猴的哀叫聲。

母猴緊張的回過頭來，朝小猴叫了幾聲，然後衝到小猴面前做勢要背牠；可是小猴還是吱吱叫個不停。母猴又轉個身伸出雙手要抱小猴，可是小猴卻叫得更淒厲了。

母猴大概生氣了，就左右開弓，賞給小猴幾巴掌。「咦？猴子也會打耳光耶！」我驚訝的輕聲向表叔說。

表叔點點頭說：「猴子跟人一樣呀！」說罷，便站起身朝猴子走去。那時，我既希望逮到小猴，抱回去替牠敷藥治傷；又希望小猴能掙開捕獸夾，投入母猴懷抱。

母猴發現表叔拿著網子一步步逼近，竟朝著我們張牙舞爪，吱吱大叫，企圖嚇唬我們。

母猴眼看表叔繼續向前，就猛力去拖小猴，但小猴的腳還是動彈不得。母猴又急又怒，叫聲更是淒厲可怕，表叔不由得停下腳步。這時，捕獸夾已經被拖離地面；母猴這會兒才發現這個可惡的東西，立刻瘋狂的咬它、扳它，但可怕的剪仔仍然緊緊的夾住牠孩子的腳。

母猴的狂叫，小猴的哀鳴，使原先靜謐的山谷充滿著悲慘的氣

氛。我的心不住的顫抖，快被那悲戚的聲音震碎了。我悄悄的抬頭看表叔，他的臉色出乎意外的蒼白；不一會兒，他下定決心說：「唉！還是捉住牠們，帶回去治傷。」

表叔跳向前，拋出網子，瘋狂的母猴這時卻一手緊抱小猴、一手扭斷了小猴的腳，先一步跳離草叢，向樹林深處狂奔而去。留下來的是逐漸遠去的小猴哀叫聲，以及染滿鮮血的綠草和捕獸夾。

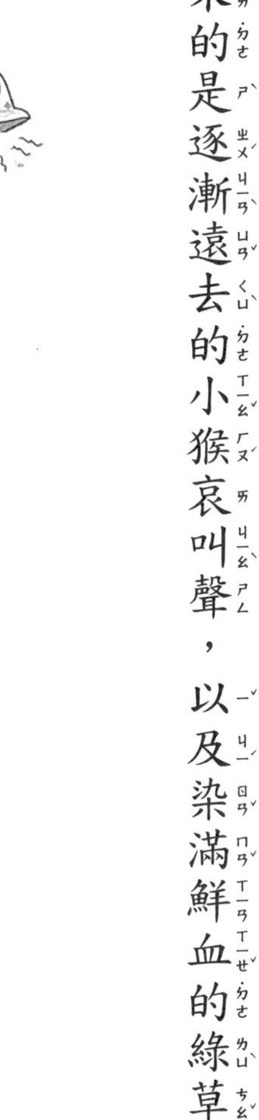

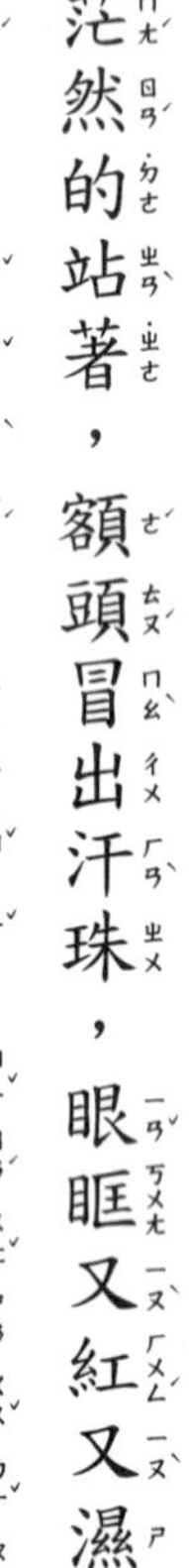
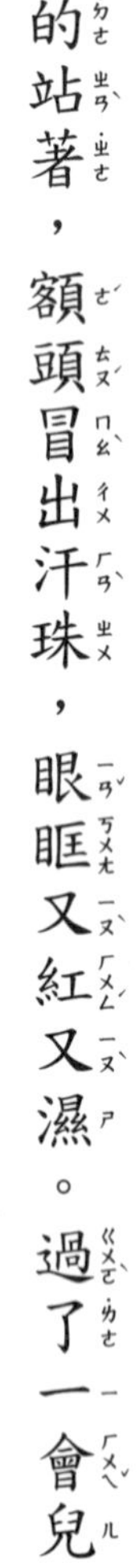

表叔茫然的站著，額頭冒出汗珠，眼眶又紅又濕。過了一會兒，表叔走向前，抓起捕獸夾，高高舉起，猛然往山谷裡拋去。

我看著表叔，他用袖子揩一揩濕漉漉的臉說：「抓猴的事到此為止！不要再傷害牠們了！」

對母猴救小猴的舉動，你有什麼感觸？

叔叔最後為什麼拋掉了捕獸夾？你有什麼感想？

有沒有好辦法，能不傷害猴子而保護果園呢？

師恩潭

「好痛呵！」文仁今天又挨老師打手心了。

在還有體罰的那個時代，成績不好或不守規矩的孩子，都嘗過「竹筍炒肉絲」的滋味。

文仁不是壞孩子，只是愛調皮搗蛋；他今天拿著在河邊捉到的小蟲，將班上的女同學鬧哭了，所以才被班導林老師處罰。

不苟言笑的林老師，對於學生的成績要求並不高；但是，特別注意學生的品行，尤其是不能傷害到別人。所以，班上幾個愛做怪的男

生，看到林老師便趕緊躲起來。

今天的天氣不好，雨一陣比一陣急驟，是颱風來襲的前兆；教室裡的學生已無心聽課，忐忑不安的望著窗外的傾盆大雨。

「唉！河水一定暴漲，擺渡的竹筏不知被沖走了沒？」家就在小潭的對岸、每天划竹筏上學的文仁，更是憂心忡忡。

這時，麥克風傳出了訓導主任宏亮的聲音：「颱風侵台速度加快，所以各班一律提前放學！請大家注意排好路隊，發揮互助

精神，平平安安回家！」

路隊迅速排好，文仁跟著路隊走了一段路後，便獨自折入細小的田埂，往潭邊走去。已被雨水淹沒的小徑，連一尺多高的稻禾，都只剩短短葉尖在池塘般的田裡飄搖。

「好可怕的洪流！」文仁心裡一驚！原來，平靜無波的潭水，已變成洶湧濁流，使他不知所措。

「竹筏還沒流走，還是趕緊回家吧，免得媽媽擔心！」文仁想到躺在病床上的媽媽一定焦急的等著，就不顧一切的解開竹筏的纜繩，划向河心。

浪花不斷打在文仁臉上，竹筏劇烈搖擺；文仁站不穩，只好放下竹槳伏在筏上。顯然的，他再也無法控制風雨中飄搖的一葉孤舟了。

竹筏隨時都有翻覆的可能，文仁已嚇得面如土色，後悔自己輕易冒險。想起臥病的母親，他不斷告訴自己：「不能淹

死！我不能淹死！」

「救命啊！救命啊！」走在岸邊的同學看到文仁的險狀，緊張得為文仁高聲呼救。正當危急萬分，忽然聽見有人大喊：「文仁！不要怕！我來救你！」

文仁勉強的回頭一看——原來是林老師！

「穩住！我就過去！」林老師說罷，迅速的躍入滾滾潭水中。他泳技精湛，順水勢泅向潭心，陣陣浪濤沖激著他的頭。

「啊！糟啦！」一堵牆壁似的波浪淹沒了林老師，許久不見他浮上來；文仁忘了自身的危險，跑到船頭高喊：「老師！快上竹筏來呀！」

「文仁！到船心去！」原來，林老師是潛水過來的。他急忙爬過

去拿起槳拚命划。

「耶……」岸邊的師生們歡呼起來——兩個人靠岸脫險了！回頭一看，竹筏已被沖流了一百多公尺，兩個人都鬆了一口氣，連忙躲進潭邊的小涼亭裡。

文仁感激的說：「幸虧老師來了，要不然我真不知會怎麼樣？」

「我想起你要渡潭回家，心裡放心不下，就到河邊來看看。還好趕上

了，真是好險啊！」

「謝謝老師……」文仁感動的流下眼淚。

「好了，沒事了。等雨小一點，我送你回家。」林老師拍拍文仁的肩膀說。

文仁這才知道，在老師平時嚴格管教的背後，原來對學生有著這麼堅強的關愛。

經過這一次的事件，學校旁邊的小潭有了個名字：「師恩潭」。

在故事裡，「師恩潭」這個名字是怎麼來的？

你覺得，老師應不應該特別注重學生的品德呢？為什麼？

「送角」

有一回重遊家鄉大溪中庄，遇見了在台北經商、飛黃騰達的童年玩伴——東湖兄。

在親切的故鄉偶遇，我們緊緊的握手寒暄，我不免好奇的問：

「你這位商場大忙人怎麼有空回來？」

東湖比畫著割稻的手勢說：「特地回來『送角』。」

「喔！你真有心啊！」我讚歎的說。

「送角」是台灣農家普遍的習俗；就是在收割工作只剩最後一塊

田時，不把稻子割個精光，而留下一個角落，讓老弱婦孺拔取，分享豐收的喜悅。至於那角落的大小，則取決於農家主人，通常是依在場人數多寡斟酌。

「在其他地方常做公益，怎麼能不回來為我快樂成長的鄉里，送一些溫暖的角呢？」

小時候的東湖是個小不點兒，家境很是窮困，老邁的祖母、病弱的母親和他三人相

依為命。每當「拾穗」的時節來臨，他就與我為伴，在嗡嗡作響的脫穀機旁，或是在彎腰割稻、汗流浹背的農夫腳邊，瞪大眼睛，隨時準備拾取掉落的稻穗。

拾穗的孩子如果想豐收，必須忍著艷陽、忍著飢渴，長時間聚精會神，眼明手快、乾淨俐落，在別人下手之前先搶到手。說起這樣的本領，小不點兒總是差人一截；當別人左手一捆、右手一捆、肩上還有一大捆時，他手裡還是不起眼的一小把。

東湖知道自己的任務很重；若能豐收，祖母和母親將笑逐顏開，對三餐不繼的家計多少有點幫助。然而，每當他想多撿些稻穗的時候，身旁的大個子們總是捷足先登，他只有眼巴巴的看著別人豐收！

因此，東湖只能等待「送角」的好消息，他那時就可以多點兒收穫了。可是，小不點兒再怎麼努力，也比不上那些大個兒，彼此擁有的差距就更懸殊了。

有個老農阿祥伯，「送角」時特別大方，讓人人都歡喜！讓我印象深刻的是，阿祥伯還會留給東湖一個「特區」，是只給東湖

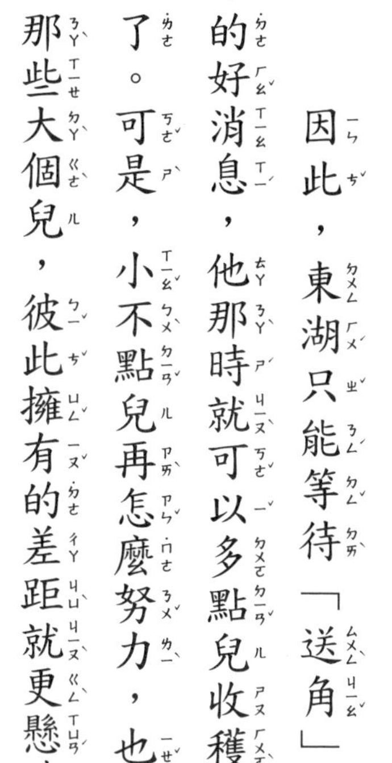

拔取稻穗、別人不得入侵的小角落。阿祥伯總是親切招呼著：「來！阿蘭嬸的小孫子，這是送給你的角，要帶回你一家的歡喜呵！」

「送角」的往日情景歷歷在眼前，我和東湖似乎同時回首緬懷。我們相視而笑，東湖爽朗的說：「哈哈！到了台北之後，儘管沒田沒地，可是商場上也有豐收；豐收而不送角，心裡總感覺虧欠什麼似的！」

說這番話時的東湖，眉宇間顯露的是農村裡憨厚樸實的氣質，一點兒也感覺不出他是精打細算的商人。

這時我忽然發現：東湖那個樣子，真像往日那位慈悲的阿祥伯呢！

「送角」

農業社會的「送角」，只要有心，在工商業社會裡依然能傳承下去，帶給需要的人溫馨的飽暖。

想一想

什麼叫「送角」？身為商人的東湖為什麼要回故鄉「送角」？

阿祥伯為什麼要留一個「特區」給東湖呢？你覺得東湖會有怎樣的感受？

國家圖書館出版品預行編目資料

兩枚獎章／傅林統／作；陳盈帆／繪—初版.
—臺北市：慈濟傳播人文志業基金會，
2009.02〔民98〕304面；15X21公分

ISBN 978-986-6644-13-9 （平裝）

859.6 98001534

故事HOME 19

兩枚獎章

創 辦 者｜釋證嚴
發 行 者｜王端正
作　　者｜傅林統
插畫作者｜陳盈帆
出 版 者｜慈濟傳播人文志業基金會
11259台北市北投區立德路2號
客服專線｜02-28989898
傳真專線｜02-28989993
郵政劃撥｜19924552　經典雜誌
責任編輯｜賴志銘、高琦懿
美術設計｜尚璟設計整合行銷有限公司
印 製 者｜禹利電子分色有限公司
經 銷 商｜聯合發行股份有限公司
台北縣新店市寶橋路235巷6弄6號2樓
電　　話｜02-29178022
傳　　真｜02-29156275
出 版 日｜2009年2月初版1刷
2013年11月初版8刷
建議售價｜200元